LA MÉSANGÈRE

LES

PETITS MÉMOIRES DE PARIS

CONTENANT

Quatre Eaux-Fortes originales

PAR

Henri BOUTET

III

Le Carnet d'un Suiveur

A PARIS

CHEZ DORBON L'AINÉ, LIBRAIRE

53 ter, Quai des Grands-Augustins

LES PETITS MÉMOIRES

DE

PARIS

III

Le Carnet d'un Suiveur

Les petits mémoires de Paris seront complets en six volumes :

Déjà parus :

I. — Les Coulisses de l'Amour.
II. — Rues et Intérieurs.
III. — Carnet d'un suiveur.

A paraître prochainement :

IV. — Petits Métiers parisiens.
V. — Les Mille et une Nuits de Paris.
VI. — Toutes les Bohèmes.

Il est tiré de chacun de ces volumes vingt-cinq exemplaires sur Japon des Manufactures impériales, numérotés de 1 à 25, et contenant une double suite des eaux-fortes. — Prix : 10 francs.

LA MÉSANGÈRE

LES

PETITS MÉMOIRES DE PARIS

CONTENANT

Quatre Eaux-Fortes originales

PAR

Henri BOUTET

III

Le Carnet d'un Suiveur

A PARIS

CHEZ DORBON L'AINÉ, LIBRAIRE

53 ter, Quai des Grands-Augustins

MCCCCIX

NOTE DE L'AUTEUR

Si tous les suiveurs de femmes pouvaient écrire leurs mémoires ou, seulement, laisser des notes concises de leurs souvenirs et de leurs observations, ils seraient les collaborateurs précieux d'un historiographe de la vie de Paris.

Quelle est la passion qui exige une marche plus longue, plus livrée au hasard, que celle qui vous mène aux endroits les plus imprévus et dans les lieux les plus ignorés ?

Que vous soyiez bibliophile, amateur d'estampes ou collectionneur de timbres ; que les vieilles faïences, les médailles ou les miniatures vous sollicitent, vous n'irez jamais que dans les mêmes boutiques et dans les mêmes salles de vente où vous aurez chance de trouver les objets que vous recherchez.

Là, c'est l'objet, c'est-à-dire la femme, qui dirige vos pas. Vous partez, la canne sous le bras, pour aller à Saint-Mandé et un jupon vous mène aux Batignolles. Avec les incidents aussi nombreux que variés, semés sur des routes qu'on ne connait pas, il est facile de déduire ce qu'on peut en tirer d'observations.

Mais les suiveurs de femmes ont bien d'autres soucis que d'écrire leurs mémoires et de noter leurs impressions.

Il nous faut donc savoir gré à celui à qui nous empruntons ces pages, d'avoir tiré de sa passion autre chose que ce qui l'intéressait particulièrement, et il ne faut pas s'étonner s'il savait moins suivre une idée qu'une femme, puisque un pied bien chaussé ou un chignon en l'air suffisait à le détourner de sa route et des projets tracés d'avance.

Ceci expliquera toutes les contradictions, tous les écarts de pensée et tout le manque de direction que le lecteur trouvera dans ce simple aperçu de la vie de notre héros.

I

MON AMI BÉJAROL

Un coffret mystérieux et une lettre de faire part — Gloria victis. — *Le Clocher du village.* — *La femme d'un perruquier.* — *Les rigueurs de la pénitence.* — *Les alexandrins d'un agent voyer.* — *Après la pluie le beau temps.* — *Les lauriers d'un paysagiste.* — *Une distinction méritée.*

Vers la fin de l'année 1905 je reçus un coffre, cadenassé, ficelé, cacheté comme l'aurait été une valise diplomatique. Ce coffre était accompagné de la lettre suivante; j'en extrais les parties essentielles :

... Donc c'est fini, je rends les armes! Quand tu recevras cette lettre, je serai... mort. C'est-à-dire que je serai terré dans mon village livré à la tyrannie de quelque vieille femme hargneuse et aux exigences d'une existence départementale et casanière. La goutte a eu raison de moi et m'a effondré entre les bras d'un vieux fauteuil... Alors, j'ai tout lâché sans prévenir personne, et me voilà désirant la fin, dans cette vieille maison que m'a laissée un oncle.

« J'ai lutté tant que j'ai pu ! Péniblement, j'arrivais encore à me traîner à quelque terrasse de café d'où je regardais passer les femmes. Mais le remède était pire que le mal ; je ne pouvais plus suivre que des yeux ces femmes que je suivais autrefois pendant des heures. J'ai donc préféré partir et ne plus les voir du tout.

Je me suis installé ici, loin de tout ce qui me les rappelle, croyant pouvoir vivre de tous les souvenirs qui me viennent d'elles. J'ai remué mes papiers, mes lettres, et toutes les feuilles éparses où j'ai noté tout ce que j'ai vu. J'aurais voulu faire de tout cela un livre qui eut été plus profond que bien des romans psychologiques, que bien des mémoires et que bien des ouvrages de philosophie. Plus vieux, on peut remâcher sa vie, être une sorte de ruminant de ses sensations et vivre de ses souvenirs. Mais, quand on a encore l'âge de les chercher encore, ces sensations, les souvenirs ne sont que des brûlures... Je t'envoie donc tout mon bazar. Tu en feras ce que tu voudras..... même le livre que je voulais faire, si ça te fait plaisir...

« Sacrifie-moi deux ou trois jours pour venir les passer ici, entre mon fauteuil, mes béquilles et mes bouteilles de drogues. Quelle sacrée misère! Et dire que ma vigne me donne du vin meilleur que jamais, que le gibier foisonne cette année, que de ma terrasse, je vois prendre par centaines des écrevisses dans la rivière... et que mon perruquier a une femme... Une femme, mon cher, comme je n'en ai peut-être jamais vue!...

« Si je vais au purgatoire, j'aurai eu l'enfer sur terre...

« Ton ami,

« BÉJAROL. »

Peu de temps après avoir reçu cette lettre, je pris le train pour aller voir mon ami. Quatre heures de chemin de fer et deux heures de diligence me menèrent à sa porte.

Nous étions en automne, il faisait encore chaud, je le trouvai dans son jardin, étendu dans un fauteuil de jonc.

« Tu vois, me dit-il, j'en suis là. » Et, me montrant sa jambe, il eut le geste d'un grand capitaine devant ses légions défaites.

— Tout de même, je vais mieux, ajouta-t-il. — Je commence même à descendre jusqu'au village, appuyé sur ma canne. — J'y vais quand je peux ; j'ai trouvé, là, quelques braves garçons avec lesquels je passe volontiers une heure. — Il y a même un agent voyer, qui, je t'assure: pour un homme qui n'est pas du métier, fait des vers qui ne sont pas mal. Je me remets un peu à manger des choses que j'aimais et je reprends mon moka. — Enfin, ça irait; mais c'est cette tranquillité de mon esprit qui ne revient pas! S'il n'y avait pas là, la femme du perruquier je ne serai pas loin d'un apaisement complet. Mais, la sacrée bougresse! — Tu la verras, du reste. — Elle a un œil à incendier des briques! Enfin, conclua-t-il... et il esquissa un geste lointain, résigné, qu'il enveloppa d'un soupir attristé.

La petite maison de mon ami était une merveille. Située sur une sorte de promontoire, en haut d'une colline, la route y atteignait pour redescendre ensuite au village, en un kilomètre. — Une vieille grille Louis XVI formait l'entrée de la maison que précédait une terrasse encombrée de caisses vertes et de pots, où étaient des fleurs. Le bout de cette terrasse, du côté opposé à la route, surplombait toute une vallée au bas de laquelle coulait une rivière.

Derrière le rideau d'une futaie, au milieu de vieux têtards rabougris qui montaient la garde sur ses bords, colorés des tons de safran et de cuivre des arrière-saisons, on apercevait les silhouettes du clocher et du château de Chinon.

C'était le plus joli fond de décor qu'on puisse rêver! Cette maison aux briques roses était couverte de glycines, de chèvrefeuilles, de rosiers grimpants, qui montaient autour lavant de leurs tons passés le contour des fenêtres, dégringolant du haut en bas, comme des coulées d'aquarelle.

Puis, à terre, c'était toute une variété de feuilles s'étalant en larges plaques vertes, sur lesquelles dormaient les gourdes aux formes ventrues de coloquintes vernissées comme des poteries de Provence, éclairant le petit coin de jardin de leurs tons de chrome et de soufre.

La maison n'avait que quelques pièces, dont une, de laquelle mon ami ne bougeait guère et qui ouvrait une large baie sur le coteau qui dominait les lacets et la montée de la route.

Tout ce qu'un siècle peut amasser de choses dans un endroit où on a vécu était là:

vieux cadres, rayons de livres, assiettes accrochées au mur, horloge au battement cadencé et monotone, vieux fauteuils... vieilles armoires...

Ces trois jours passèrent comme une heure...

Je partis, disant à Béjarol : « J'envie ta goutte. Pour finir dans un coin pareil je donnerais gros, je t'assure!... » et nous nous quittâmes.

. . . .

Quelque temps après : je reçus une lettre ; « Je vais mieux que jamais et j'ai vécu à Paris comme un nigaud. J'aurais dû commencer cette vie-là dix ans plus tôt...

... Dis donc, tu connais du monde, il faut absolument, mais asoblument, tu m'entends bien, que tu fasses avoir les palmes à mon perruquier. — C'est un brave garçon auquel j'ai quelques obligations. Il vient de faire une vue du pays avec les cheveux de la défunte femme du notaire, qui vaut, je t'assure, un paysage de l'école moderne, et ça... n'a pas de prétention comme tout ce qui, en art, a une valeur. — Tous ceux qui ont le ruban couleur d'aubergine n'en ont pas fait autant... Décroche-moi ça, pour ce brave garçon. — Je sais ce que c'est qu'un ministère, ça se donne à la douzaine et à n'importe qui : je compte donc absolument sur toi.....

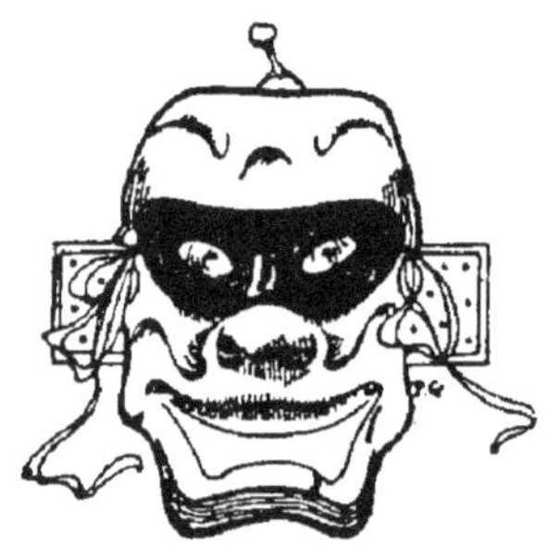

II

L'INVENTAIRE

L'ouverture d'un Coffret. — Lettres et Billets. — Photographies et Autographes. — Un paquet ficelé. — La Jarretière mauve. — Un Menu bien compris. — Un Commissaire-Priseur embarrassé

Ce voyage m'avait laissé l'impression que rien maintenant ne pouvait troubler la quiétude d'un esprit qui venait de se former aux joies provinciales. Autorisé à fourrager dans les mystères que recélait le fameux coffret, à en extraire toutes les sensations dont ces feuilles de papier avaient été les confidentes, j'eus vite fait de rompre les cachets, de débrider les ficelles, de faire sauter le couvercle de cette boîte d'où devait s'échapper vingt ans de la vie de mon ami.

Je procédai à cette besogne religieusement. Je me mis à lire les lettres, à déchiffrer les mots griffonnés sur des cartes de visite, sur des bouts de papier, sur des marges de journaux. Je passai en revue les portraits, les objets divers; paires de gants, mouchoirs de dentelles, fleurs fanées, souvenirs de toutes sortes dont la variété était déconcertante. Puis, je lus le paquet de feuilles du volume en préparation : aperçus philosophiques, pages de mémoires, impressions notées au hasard, petits riens évocateurs de souvenirs. Et toutes les choses posaient devant moi cet énigmatique problème : Béjarol a-t-il aimé une fois, souvent ou pas du tout.

Aussi bien ne ferai-je pas de philosophie sur la valeur de son bagage. Je n'en noterai que la documentation curieuse et le piquant des observations. Je fouillerai dans tout ce qu'il a laissé pour ne prendre de ce *traité de l'amour* que la fleur de ce voyage autour de tant de femmes. Maintenant, à travers toutes ces images différentes, n'était-ce pas la même femme qu'il aimait?

Je trouve dans ces feuilles matière à un volume. Et Béjarol prétend que ses mémoires sont à peine commencés! Je reviendrai quelquefois à des extraits de ces mémoires; mais, les pages éparpillées, les feuilles de carnet, les notes et les observations écrites un peu partout suffisent à extraire mille aperçus suffisants pour tirer une œuvre synthétique de ce qu'il a, lui, délayé, non sans intérêt, dans un nombre de pages qui formeraient une encyclopédie.

Les notes et les carnets et toutes les pièces citées plus haut sont classés par année avec le plus grand soin. Je ne suivrai pas cet ordre chronologique. Mais, plutôt, irai-je sans méthode, au hasard de ce qui me tombe sous la main, cherchant ce qu'il est curieux de noter. Je respecterai religieusement les commentaires dont souvent il a accompagné les faits et dont certains me révèlent un Béjarol qui avait du génie.

Béjarol eut pu gagner des batailles, faire des révolutions, changer la forme de gouvernement d'un pays en déployant les qualités maîtresses de technique et de savante diplomatie qu'il montre à chacune de ces pages. Je ne serai de tout cela qu'un metteur en scène scrupuleux.

Le lot des photographies m'apporte des curiosités inattendues :

Une écuyère à cheval avec cette dédicace : « Il obéit à la cravache... et aux caresses. » Je suppose que c'est du cheval qu'il s'agit.

Sur un délicat petit profil de femme la tristesse et la douleur de ces mots : « Je ne vous donnerais pas mon portrait si je ne savais mourir bientôt. »

Sur un autre, une jolie petite brune à la mine éveillée...

« Si je ne vous laissais pas « ma fiole » vous m'oublieriez..... »

Un portrait de foire, un de ces portraits sur tôle qu'on fait pour dix sous à la fête de Neuilly, est rayé de coups d'ongle pour qu'on ne puisse reconnaître l'original. Sans doute parce que la femme s'est trouvée laide.

Voici une autre photographie prise avec un Kodak au Jardin d'Acclimatation. Dans le fond, un groupe d'Esquimaux. Au premier plan, une très élégante silhouette de femme vue de dos. Un homme est derrière penché, on ne voit pas la tête ; il doit être moins bien que les Esquimaux. C'est sans doute la victime. Deux initiales et une date.

Combien d'autres ainsi. Rien ne rattache ces photographies à de nombreuses aventures discrètes ; et, cependant, ces femmes doivent être les héroïnes de quelques-unes de ces aventures.

Il est plusieurs de ces photographies qui montrent des femmes entièrement nues.

Ces photographies ont presque toujours le même décor, lequel est sans doute le mystérieux petit atelier d'amateur que Béjarol a eu quelque temps rue Taitbout; atelier que nous n'avons même pas connu. J'en prends une qui est une Diane superbe, la tête est entourée d'une voilette, mystère encore. Je retrouve, d'ailleurs, assez souvent ce voluptueux corps de femme en des poses différentes qui me la font connaître en entier. Mais jamais la tête, que l'imagination, malgré soi, essaie de reconstituer sur le corps de cette beauté marmoréenne; je trouve aussi une danseuse, la même, dans des mouvements de danse variés. Ceci doit aussi cacher quelque aventure.

Mon attention est attirée sur ce fait que, rien dans tout ce que Béjarol a laissé, ne garde la moindre trace de personnalité. Les lettres ont des signatures de fantaisie, souvent ; les photographies ne révèlent aucune indiscrétion. En sorte qu'il ne me serait pas possible de retrouver un seul sujet de cette collection si variée, si complète des victimes de Béjarol.

Je trouve une adorable miniature. C'est un cadeau sans doute; et sa valeur, dans l'esprit de mon ami, est d'être le souvenir d'une aventure galante plutôt qu'un objet de sa collection de bibelots. Autrement, cette miniature n'eut pas eu sa place dans le coffre.

Dans une boîte à part, c'est toute la collection de carnets de poche. Il en est de toutes sortes : petits cahiers d'un sou destinés aux notes de blanchisseuses, agendas avec leurs pages marquées de la date et du jour du mois, petits cahiers réunis en brochures, piquées d'un fil rouge ; feuilles éparses et réunies ensuite portant un millésime... Puis à côté de toutes ces choses, faites pour la poche, des cahiers d'écoliers, plus grands, résumant quelquefois les notes des carnets. En un mot, un amas de bouts de papiers, de feuilles de toutes sortes, écrites, ou dehors, ou aux rentrées du soir, quand, chez lui, il devait ruminer toutes ses sensations, essayant de les condenser, de leur donner une forme, affirmant en bien des points le désir de garder ces choses, de les transmettre à l'avenir sous la forme d'un livre proclamant bien haut la passion qui avait dirigé sa vie et dont il eut voulu tirer une philosophie. Philosophie qu'il était d'ailleurs incapable de dégager de tant de choses qu'il n'avait fait qu'effleurer et qu'il croyait avoir approfondies. — Il était sur la scène et non dans la salle, et, quoi qu'il dise, il n'a pas vu jouer la Comédie de l'Amour.

Voici un petit paquet ficelé avec deux de ces ficelles rouges plates dont se servent les confiseurs. Je l'ouvre : ce paquet contient un gant, un seul, un gant blanc taché de sang ; puis quelques petites roses artificielles qui s'emploient pour parer les bouquets de tir aux macarons. Le gant n'est pas un gant de bon faiseur, c'est un gant de magasin de faubourg..... et tout paraît venir d'une fête des environs de Paris. Mais cette tache de sang ? Le journal qui enveloppe ce gant est une feuille illustrée dont le titre a disparu, mais une illustration porte la date de 1878.

Parmi les choses si diverses que je trouve, en dehors des lettres ou des cartes de visite, beaucoup déroutent par l'ignorance où on est de leur signification.

Voici le carton d'un tir où cinq balles ont marqué leur place. Un nom écrit au crayon : Émile. Qui est-ce, Emile ?

Voici une jarretière, mais j'en retrouve l'histoire dans les notes. C'est une jarretière trouvée au bureau de location du Théâtre Français le jour de la première représentation du *Lion amoureux*. C'est une large jarretière de soie mauve avec un gros chou de ruban crème. J'apprécie le diamètre et jamais un diamètre ne m'apparut si troublant..... Une odeur de vanille monte encore de ce gros chou de ruban.

Voici des correspondances d'omnibus... des notes de restaurant. J'en copie une :

Un potage bisque.

Une douzaine côtes rouges.
Une douzaine d'écrevisses.
Un homard à l'américaine.
Une côte chevreuil.

Je passe les entremets.

Une bouteille Clos-Mouton.
Une demi-Corton 65,
Une demi-Château-Lafite, 58
Une demi-Rœderer

C'est signé : Ledoyen.

Cette carte me laisse rêveur et je pense à ce qu'a dû être un dessert si artistement préparé.

Voici une reconnaissance du Mont-de Piété : La musique d'un solo de guitare. Un flot de dentelles..... puis des factures de modistes; de couturières, des notes de pâtissiers, des coupons et des programmes de théâtre, des éventails en papier, de ces éventails que les garçons donnent, l'été, dans les brasseries. L'adresse d'un accordeur de pianos au dos d'une carte d'embaumeur! des itinéraires de chemins de fer, des petits calendriers, des portefeuilles avec des traits de crayon effaçant les dates. Un porte-cigares contient des pastilles de Vichy et une boîte de poudre de riz, du tabac d'Orient.

Je trouve des mèches de cheveux, de petits rubans aux tons clairs les attachent ; puis, voilà un loup de satin noir asssocié par un cordon à un faux nez en carton. Un portrait de Cora Pearl détaché d'un illustré porte cette mention écrite au crayon sur la marge : Se présenter de la part de M. Mathieu. Je trouve aussi un tutu de danseuse, un petit cachou en pain d'épices enveloppé dans le programme d'une messe en musique à Saint-Eustache..... Il faut que je m'arrête et que j'en passe... peut-être « et des meilleurs »... Oh ! l'obsession de ne savoir ce que tout cela veut dire?...

Tout cela est déconcertant. Commissaire-priseur de tant d'objets évocateurs de sensations inconnues, je ne sais rien de ce que pourraient dire toutes ces choses. Si un lien pouvait s'établir entre une lettre, un portrait et un objet, il y aurait matière à de jolies restitutions psychologiques. Mais, rien, ou presque rien ; et seul, Béjarol pouvait écrire ce livre qui eût été un monument élevé à toutes les impressions, à toutes les sensations qui lui étaient venues de la femme.

III

PARIS EN 1862

Le règne de la crinoline. — Le boulevard du Crime et la cité. — Les amuseurs de la rue. — Brasseries et Cabarets. — La pension Laveur et le dîner Magny. — Les bals Mondains.—Le Théâtre de la Cour. — Les boutiques de gants et le Métro. — La mort d'une Étoile. — Un trait-d'union. — Le café des Pierrots. — L'exode vers le Nord.

« Un gros paquet ficelé porte ce titre « Mon arrivée à Paris ». C'est un relevé des faits de cette époque d'après lequel nous pouvons reconstituer un tableau de Paris en 1862. C'est un fort cahier tenu avec soin. Ces feuilles écrites sur un papier de même format sont classées méthodiquement, jour par jour, presque sans commentaires.

NAPOLÉON était soutenu par les cariatides bénévoles du Sénat et du Corps législatif. Les beaux jours du Second Empire étaient à leur apogée.

Le règne de Napoléon III semblait défier l'avenir, un avenir dans lequel l'expédition du Mexique allait cependant pénétrer comme le ver qui fait tomber à terre le plus beau fruit d'un arbre.

Tout était à la joie et au plaisir. La fumée de gloire des Campagnes d'Italie ne s'était pas encore évaporée et, à l'horizon, malgré les *cinq* de l'opposition, dans l'azur d'un ciel sans nuages, se promenaient encore de jolies taches roses. On dansait aux Tuileries; l'impératrice avait des cachemires de l'Inde et l'empereur des pardessus mastic. On jouait des charades à Saint-Cloud. Les tableaux vivants où Madame de Metternich, Madame de Pourtalès et Madame de Galiffet représentaient les mythologies, faisaient la joie des attachés d'ambassade aux jarrets préparés pour des quadrilles que conduisait Arban.

On dansait partout! C'était le début d'une période de quadrilles qui devait se terminer par celui de la Grande Duchesse. Chaque jour amenait un événement dont il n'y avait qu'à se réjouir ou apportait la nouvelle d'une gloire qu'il fallait consacrer.

On recevait Octave Feuillet et Dufaure à l'Académie et Ingres était nommé sénateur. Les « Faucheurs polonais » se signalaient par de sanglantes et patriotiques prouesses, pendant que le duc de Morny menait le char de l'État et ses secrétaires le cotillon, ce qui n'empêchait pas que le duc trouvait le temps de faire des vaudevilles pour les Bouffes.

On refusait de réhabiliter Lesurques et on posait la première pierre du nouvel Opéra. On inaugurait des théâtres et de nouvelles voies. Darcier était prié par le Comte de Nieuwerkerke de venir chanter chez lui et s'y conduisait comme un charretier, ce qui faisait dire au comte : « C'est un goujat de génie. »

Un mouvement littéraire s'indiquait par la publication de Revues qui parurent à la suite de la « Revue Fantaisiste » qui fut le berceau des Parnassiens.

Au *Salon*, l'école naturaliste continuait

la lutte que Courbet avait vaillamment commencée, Manet qui en était à ses débuts et qui avait déjà donné le *Ballet Espagnol* et la *Chanteuse des rues* apportait à la formule nouvelle *La Maîtresse de Baudelaire* et le *Vieux musicien* ce qui faisait hurler l'Académie et pousser des hauts cris à la peinture aimable représentée par les Toulmouche et les Compte-Calix. Gustave Doré n'avait pas trente ans et publiait *Don Quichotte* et les *Contes de Perrault.*

Le règne de la crinoline battait son plein et les élégantes n'hésitaient pas à dresser leur taille sur des assises de six mètres de circonférence. Les chapeaux étaient des sortes de capotes de cabriolet que des ruches et des rubans d'attache venaient encore alourdir. L'harmonie des couleurs n'était pas plus respectée que la science des proportions, et jamais la mode féminine ne fut plus lamentablement bête, ce qui n'empêchait nullement Longchamps d'exister quoiqu'il apportât chaque année des modes de plus en plus décevantes. Mais l'Impératrice donnait le ton ; la crinoline eut l'air d'avoir été créée pour elle.

La silhouette en était inscrite, désormais pour l'histoire dans cette cage à poulet que Winterhalter avait léguée à la postérité.

La femme n'avait plus dans son geste, ni grâce, ni mouvement. Elle restait figée dans ces choses rigides où se perdait la grâce de son corps. Mais la femme est toujours la femme, le regard et les lèvres se chargeant bien vite de mettre au dernier plan l'art des modistes et la science des couturiers.

A cette date : Le pittoresque de la vie de Paris n'avait pas encore été atteint par l'armée de démolisseurs du baron Haussmann. S'il n'y avait eu que les démolisseurs, mon Dieu!... Nous y aurions gagné de grandes trouées d'air et de grandes places propices à la contemplation des nuages. Mais, hélas! aux démolisseurs des vieux coins de rue si amusants, des hôtels de procureurs et des cabarets aux grilles historiées a succédé l'invasion des architectes! Et voyez ce qu'ils ont fait, les monstres! Promenez-vous dans le quartier de l'Étoile, dans le quartier Monceau, suivez toutes les grandes artères qui ont apporté au Paris moderne, l'air et la monotonie. Regardez ces constructions pareilles, ces cubes de sinistres maçonneries dont la vue rend bête à en pleurer...

Que feraient là tous les « Callots » que nos vieilles rues possédaient encore. Certains se groupaient au square du Temple, au pont d'Austerlitz, à la place Clichy, au carrefour de l'Observatoire. Mangin, le marchand de crayons, le père « La Pêche », qui vendait de petits pavés de je ne sais quelle pâtisserie couleur de glaise. « L'homme aux rats, » « l'homme au pavé », « l'avaleur de sabre ». La belle Césarine qui n'avait qu'un bras et pas de jambes du tout. Elle était juchée sur un tabouret et elle disait qu'elle avait un bruit de pendule dans le ventre ce qu'on était appelé à constater en posant l'oreille sur un... estomac copieux.

D'autres types encore égayaient le frémissement de la rue, et faisaient surgir, sur les places, leurs étranges silhouettes, en se livrant à la bizarrerie de leurs exercices, devant un cercle de badauds, de curieux, de ces museurs des rues qui deviennent de plus en plus rares parce qu'on ne muse plus dans les rues où on a fort à faire pour éviter d'être mis en miettes.

C'était le poète boîteux Poulalion avec son chapeau historique, ses lunettes et son parapluie, et la pauvre vieille maîtresse de Borie, courbée tellement en deux que sa tête touchait ses genoux, et qui semblait, le long des parapets de quais où on la rencontrait souvent, un escargot échappé de son mur. La Science avait aussi ses représentants avec les astronomes de la Bastille, du Pont-Neuf et de la place Vendôme. L'art était représenté par « l'homme à la vielle », muet et taciturne, qui d'une petite voix de tête mettait des paroles sur les airs que sa vielle envoyait aux échos. Puis, le célèbre « homme à la clarinette », avec son bonnet de coton; il serait resté à l'orchestre de l'Opéra-Comique s'il n'eût été un pochard incorrigible. La « vieille au perroquet » était inénarrable; on ne savait jamais ce qu'elle chantait; seul, son perroquet était au courant, et, perché sur son doigt, il historiait le châle et la jupe de la vieille de joyeuses arabesques. Puis Pradier, le bâtonniste, que l'Empereur appelait quelquefois dans la Cour du Carrousel pour amuser le « Petit Prince », comme on disait. Et, tant d'autres, que le bruit a chassé, que le mouvement infernal de nos rues a forcé à disparaître et qu'on ne reverra plus jamais puisqu'ils ne pouvaient vivre que dans l'intimité de nos vieux quartiers disparus.

C'est dans cette vie d'un Paris en mal de transformations, que Béjarol frais émoulu de sa province allait s'ébattre; ces notes témoignent combien il était attentif aux moindres faits.

J'y vois notés les funérailles d'Halévy, la mort de Monseigneur Morlot, l'accident du Bois de Boulogne sur la glace où cinquante personnes périrent, soudés à la mort de Philipon, le fondateur du *Charivari* et du *Journal amusant* — je donne tout cela sans date et sans classification — le peu de prétention de ce tableau ne le comporte pas... et je puise, au hasard.

Le grand événement littéraire fut la publication des *Misérables* de Victor Hugo qui avait vendu le manuscrit 500.000 francs. C'était encore l'époque des cabinets de lecture. On louait le volume cinq sous, par jour, et ce volume était souvent divisé en deux ou en quatre parties; en sorte que la lecture de l'ouvrage revenait aussi cher que si on l'eût acheté.

A l'Opéra-Comique, on donnait la 1.000[me] représentation de la *Dame Blanche;* l'acteur Bocage mourait.

La pioche attaquait vigoureusement et mettait en miettes les murs de la vieille cité, et ses rues sinistres. Le cabaret du Lapin Blanc qu'on croyait avoir servi de modèle à Eugène Sue, quand, au contraire, *Les Mystères de Paris* donnaient à un nommé Moras l'idée de construire le fameux cabaret d'après la description qu'en avait donnée le romancier, s'effondrait sous les gravois.

Le vieux pont Louis-Philippe et le pont de l'Archevêché laissaient tomber dans l'eau la carcasse en fil de fer de leurs arches suspendues.

Thiers publiait le dernier volume de son histoire du Consulat; Leconte de Lisle, ses Poèmes barbares, et Flaubert, Salammbô, Barbey d'Aurevilly écrivait un violent article sur Victor Hugo et les murs de Paris se couvraient de cette affiche : Barbey d'Aurevilly idiot.

Les démolisseurs s'attaquaient avec la même vigueur, non seulement aux théâtres du boulevard du Crime, mais encore au mélodrame lui-même et les fumées de gloire des beaux jours de « Gaspardo de Pêcheur » et de « La Tour de Nesle » se mêlaient à la poussière des plâtras.

Les parades du Lazari et les folles pantomimes des Funambules allaient disparaître.

Le Théâtre Lyrique et le Théâtre du Châtelet, remplaçant le Cirque Olympique, allaient revivre au Châtelet avec Faust et Rhotomago.

La Gaîté s'installait au square des Arts et Métiers où la houppelande de Choppard et la savate de Fouinard allaient retrouver leurs beaux jours.

Les cafés, les vieux cafés où on causait, où on bataillait ferme, art littéraire et politique, étaient préservés par la plupart des lignes géométriques tracées par le baron Haussmann. Les tables du Procope vibraient déjà sous les coups de poing de Gambetta. Ce fut là, dans ces cafés et dans ces parlotes littéraires que Béjarol se pénétra de la vie intellectuelle de Paris.

On venait d'inaugurer le tombeau de Murger. Béjarol, élevé au biberon de l'artificielle vie de Bohême, mêlé aux héros qui avaient éveillé ses rêves de jeunesse : Champfleury, Vitu, Nadar, Colline, Schaunard qui avait quitté la palette pour le commerce des jouets. Mais la Bohême ne pouvait guère gêner l'Empire chatouilleux, cependant; tracassier pour la Presse que le gouvernement lardait de communiqués, qu'il bridait à l'aide de poursuites comme celles récentes contre les Lettres sur l'histoire de France, d'Henri d'Orléans ; comme la destitution de Victor de Laprade, membre de l'Académie Française, à propos d'une satire en vers, marquant un nouveau coup de férule avec la suppression du cours de Renan qui avait appelé Jésus « un homme incomparable ».

Mais aucun de ces faits ne projetait son ombre sur le rayon de la vie de plaisir.

Plus que jamais les fenêtres du *Grand 16*

jetaient sur les boulevards l'éclat de leurs bougies et le vent des folies de la bande de Gramont-Caderousse, qui venait là, régulièrement souper après le théâtre et jouer au baccarat jusqu'au matin. L'épée de Damoclès était remplacée par la menace d'un conseil judiciaire suspendu sur la tête de chacun des convives. Il y avait un soir pour les femmes de théâtre, et un autre pour les « belles affranchies » qu'on retrouvait quelquefois sur la table, au dessert, vêtues d'une simple paire de boucles d'oreilles

C'était à une époque où les maisons de rendez-vous n'existaient pas, ni les grands magasins non plus.

Le quartier de la Chaussée-d'Antin contribuait à offrir aux passants la possibilité de ces entretiens rapides dans des arrière-boutiques appropriées. C'étaient des papeteries, des ganteries surtout ; de menus magasins, où, sur des étagères dormaient des bibelots auxquels on ne touchait jamais. C'était très discret! on aurait pu entrer là-dedans en disant à son beau-père de vous attendre au café. Un monsieur pressé pouvait se dire : « puisqu'il faut que j'achète un parapluie, j'en profiterai pour essayer de trouver une femme à laquelle je donnerai un louis en échange d'un sourire ».

Les boulevards extérieurs étaient historiés de nombre de maisons sur lesquelles un gros numéro se détachait sur un verre bleu saphir. La plupart de ces maisons ont disparu. Il ne reste plus que celles avoisinant les boulevards. Elles rendent encore des services aux fêtards attardés.

Mais les marchés de chair humaine se tenaient surtout dans une quantité de bals qui n'existent plus. C'était l'époque où on dansait; les quadrilles des Tuileries avaient dégourdi les jambes de toutes les classes de la société.

Mabille, le bal Musard, le Château des Fleurs, le Jardin d'hiver, théâtres des succès des Pomaré, des Mogador et des Rose Pompon étaient les endroits les plus cotés. On y rencontrait le même monde qu'aux Tuileries, car, bien souvent, des dames de la Cour, au bras d'attachés d'ambassade, s'y mêlaient à la bande de Gramont-Caderousse qu'accompagnaient les Anna Deslions, les Barrucci et les Guimont.

Les polkas d'Arban et les quadrilles de Métra faisaient fureur à Valentino et, au Casino Cadet, soulevés par la maîtrise que l'un et l'autre avaient à manier un orchestre dansant.

Bullier continuait ses traditions historiques et l'ombre de Musette et de Mimi Pinson planait sur les quadrilles.

Puis, ce fut le bal Vivienne, le Château Rouge, le Tivoli-Vaux-hall, les Elysées-Montmartre et Ménilmontant.

Nous trouvons, en descendant d'un étage : Le Pré-aux-Clercs, fréquenté par les larbins du faubourg Saint-Germain et la Salle Wagram par ceux du faubourg Saint-Honoré; Les Mille Colonnes, rue de la Gaîté, où se mêlaient étudiants, artistes et ouvriers du quartier;

Tonnelier, avenue du Maine, bal de famille ; où souvent on rencontrait Coppée : des poètes et des artistes y fréquentaient; les dimanches étaient curieux et le saladier de vin blanc, où se promenaient des ronds de citron, se consommait sous des tonnelles où votre danseuse vous présentait à sa famille. Puis, quelquefois, on repartait sous le regard bénévole des parents, pour refaire une autre polka, quand en réalité, on allait chercher l'hospitalité d'un moment dans un hôtel de la rue du Maine.

Au dernier échelon des endroits chorégraphiques, nous trouvons le bal Bourdon, la salle Rivoli, près de la Bastille et la Boîte à limaille, bal des bijoutiers, place de la Corderie, le bal de l'Ardoise à Grenelle, bal de soldat sentant le crottin et la giberne ; dans le quartier de l'hôpital, les bals Péru et Giraldon fréquentés par les chiffonniers et les ouvriers de tannerie ainsi que le bal du Vieux Chêne (*le vieux Satou*) rue Mouffetard.

Il en est bien d'autres ! Mais nous n'avons pas à faire ici l'histoire des bals.

Tout cela, à part quelques exceptions, est mort maintenant. Les music-halls, les grands magasins, le métropolitain sont des endroits propices aux retapes les plus variées, à tout moment et à toute heure ; aussi ce commerce aimable a-t-il trouvé avec ces facilités un développement tel, que, de tous les articles de Paris, c'est la femme qui est le plus demandé.

Les cabarets aussi avaient leur raison d'être répondant aux besoins et aux habitudes d'une clientèle non pareille. Ils créaient les Delvau et les Privat d'Anglemont. Les tables d'hôte et les cafés étaient les tremplins où s'essayait, déjà, l'opposition à l'Empire, menée par les Gambetta, les Ranc et les Laurier. L'école réaliste en art et en littérature s'y développait avec les Champfleury, les Courbet, les Castagnary, les Zola. Chaque endroit était une tribune d'où s'envolaient les pensées, et les paradoxes, et d'où tombaient les coups de boutoirs au gouvernement et les virulentes attaques « aux barbares » de l'école classique.

Les Scholl, les Villemot, les Rochefort, les Roqueplan jetaient à pleine volée les perles d'un esprit puisé dans la quintescence d'un parisianisme disparu.

Des fusées partaient du perron de Tortoni, et des coups de tonnerre, grondant au Procope, y répondaient. La brasserie Saint-Roch, plus éclectique, s'emplissait du bruit des discussions littéraires et les Premiers-Paris s'y préparaient autour des piles de bocks. Les digestions de chez Dinochau se terminaient à la brasserie des Martyrs où fréquentaient les bohêmes de l'alexandrin et de la palette qui préparaient les gloires futures par l'éreintement des pontifes académiques.

Le Madrid, le Café de Suède, le Café des Variétés garnissaient leur terrasse, l'été, à l'heure de l'apéritif, de tout le monde du théâtre, des bureaux de rédaction, et du clan de boulevardiers pour lesquels le boulevard commence au Faubourg Montmartre pour finir à la Chaussée d'Antin.

Chez Frontin, au Café des Princes à la porte Montmartre, chez Brébant, le monde des viveurs retrouvait, aux après-dîner, la galanterie parisienne en chasse du souper réconfortant et de la nuit de labeur.

La rive gauche gardait chez elle son monde d'étudiants et de grisettes, d'artistes et de littérateurs, de savants et de vieux professeurs. Tranquilles habitués du Voltaire, académiciens ou sénateurs paisibles clients du Tabourey où se rencontraient Jules Janin, Barbey d'Aurevilly tumultueux habitués du Procope, où l'on remuait les dominos et la politique académiciens en titre ou en formation sortant des Débats ou de la Revue des Deux Mondes, prenaient leur glace au Café d'Orsay, où l'été, les gréements de la frégate striaient, de minces lignes noires, la splendeur des couchers de soleil.

Sainte-Beuve organisait avec Gavarni et les Goncourt le célèbre dîner de chez Magny qui réunissait plus tard Renan, Berthelot, Pasteur, le prince Napoléon, etc... pendant que la pension Laveur de la rue des Poitevins, sous le verbe gras et tonitruant de Courbet, groupait les adversaires de l'Empire et les ennemis de l'Institut.

Courbet, en bras de chemise, les bras retroussés, le geste solennel paraissait être l'Apollon du naturalisme. Gueymard chantait les «Bœufs» et la «Vigne» de Pierre Dupont. Des poètes comme André Lemoyne, Albert Mérat, Vermersch s'y coudoyaient avec Gambetta et Jules Vallès qui disait que le vase étrusque de notre société c'était le litre. Les peintres Harpignies, Hanoteau, André Gill, Heilbuth, Pothey et Carjat, Champfleury, Nadar, complétaient cet ensemble d'irréguliers qui, tous les samedis, venaient, là, y manger des poulardes découpées par le baron Brisse, et des platées de choux rouges comme on n'en voyait nulle part.

Libérée des cours, où, aux sorties des tables d'hôte, la jeunesse bruyante avait ses cafés à elle; petites boîtes de la rue Soufflot et de la rue Monsieur-le-Prince, brasseries de bohêmes qui continuaient Murger, emplissait les cafés du boulevard Saint-Michel, quand le monde non moins turbulent des artistes tenait ses assises à la brasserie Hoffmann, au Fleurus, chez Clarisse et chez la mère Meyer.

Bobino donnait rue de Fleurus ses dernières représentations. La pioche allait bientôt l'atteindre. L'Odéon et Cluny suffisaient aux besoins d'art dramatique des gens qui ne quittaient guère la rive gauche, car il existait à cette époque tout un monde de casaniers qui ne passait guère les ponts. Étudiants, ouvriers de librairie, professeurs, éditeurs d'imagerie, tous amoureux fervents du Luxembourg et de la pépinière avec ses allées d'aubépine, ses charmilles ombreuses, ses petits carrefours de verdure où, sur un banc, on rêvait si bien à deux...

C'était, bientôt, la fin de tout cela.

C'est-à-dire la fin d'une époque qui disparaissait avec les anciennes maisons et les vieux arbres. Plus tard la percée du boulevard Saint-Germain, de la rue Monge, la rue de Rennes, traçait, comme du bout de sa canne on trace un sillon dans une fourmilière, des tranchées qui détruisaient ce qui restait du vieux Quartier latin. Les moyens de locomotion, la poussée de Paris vers l'Ouest ont emporté la vie intime de ce quartier, l'ont éparpillée sur la rive droite, ne laissant à ceux qui ont connu autrefois cette vie de jeunesse intense que le pâle reflet de son pittoresque attrait.

Dans les annales du Théâtre, l'année 1862 comptait la célèbre chute de Gaëtana à l'Odéon, qu'une cabale de quatre jours fit tomber de l'affiche. On s'attaquait à Edmond About bien plus qu'à la pièce : l'Art payait les dettes du polémiste.

Le Fils de Giboyer souleva d'ardentes passes de plumes. Dans Giboyer, certains voulurent voir Louis Veuillot. Mais la pièce, ardente, bâtie à chaux et à sable, résista aux attaques qui voulurent la faire tomber.

A la porte Saint-Martin le succès du Bossu fut très grand, l'Impératrice demanda que la pièce fut jouée à Compiègne. Dans Lagardère, Mélingue se tailla un de ses plus beaux rôles.

Gounod donnait à l'Opéra *La Reine de Saba* et La Patti débutait aux Italiens dans la *Somnambula.*

Sarah Bernhardt qui avait 18 ans débutait aux Français et Déjazet qui en avait 65, portait encore allégrement la culotte de satin du prince de Conti. Mme Galli-Marié débutait à l'Opéra-Comique. Le Gymnase représentait dans l'année deux pièces de Sardou : « La Perle Noire » et les « Ganaches ». Le Vaudeville : « Les Petits Oiseaux » de Labiche pendant que Geoffroy débutait au Palais Royal dans « Une corneille qui abat des noix ».

Les affiches de théâtre se collaient sur les murs, les colonnes n'existaient pas encore.

Sur celle des Français, on lisait les noms de Provost, de Régnier et de Got, de mesdames Favart, Jouassain, Arnould-Plessis, de Monrose, de Bressant et de Delaunay.

Au Boulevard, le nom de Frédérick Lemaître, déjà à son déclin, jetait les dernières lueurs de son génie dramatique, tandis que flambaient les noms aimés du public de Dumaine, de Paulin-Menier, de Taillade et de Rouvière ; à madame Marie Laurent était échu le rôle des mères malheureuses. Mélingue promenait sur les planches ses rapières et ses manteaux tragiques.

Les théâtres de genre échangeaient les noms d'artistes dont quelques-uns allaient devenir célèbres : Lafontaine, Dieudonné, Lesueur, Lafont, Febvre, Saint-Germain, Mesdames Fargueil, Marie Delaporte, Blanche Pierson, Céline Chaumont, etc....

Danseuse

pendant que les théâtres du Boulevard gardaient jalousement les Castellano, les Lacressonnière, les Adèle Page et les Suzanne Lagier.

Le Palais-Royal avec Geoffroy, Gil-Pérez, Lheritier, Hyacinthe, Lassouche et Brasseur; « la mère Thierret », comme on disait. Aline Duval, Céline Montaland composaient l'incomparable troupe, peut-être impossible à reformer qui interprétait Labiche, Meilhac et Gondinet.

Le piment n'y manquait pas, et bien souvent, l'artiste ajoutait au texte un grain de poivre de Cayenne, imprévu.

Le théâtre de Compiègne qui appelait tous les théâtres de Paris à l'honneur de jouer devant la Cour, était très prude; en quatorze ans, il n'appela qu'une fois le théâtre du Palais-Royal. C'était le 13 novembre 1869. Ce fut la dernière représentation devant cette Cour avide de plaisir. Un autre drame allait se jouer. L'Empire et le théâtre de Compiègne, bientôt, auraient vécu.

Emma Livry cette exquise et immatérielle Étoile de la Danse se brûlait en scène en répétant le rôle de Fenella. Sous la couverture mouillée dans laquelle on l'emporta, elle faisait sa prière. Elle s'est éteinte, peu après, dans d'horribles souffrances et l'Impératrice lui avait envoyé des fleurs.

C'est presque sur la mort tragique de cette pauvre petite danseuse que l'année se termine.

Une halte, un trait d'union entre les deux rives, s'était créé avec le Théâtre du Châtelet et le Théâtre Lyrique. Un café curieux s'était installé avenue Victoria. Le café des Pierrots tenu par le peintre Guérineau qui avait décoré son établissement d'une cinquantaine de tableaux sur les Pierrots dont une descente de la Courtille couvrait tout un panneau. L'artiste-limonadier était de bonne éducation, sympathique et modeste. Sa bière était bonne et sa peinture pas plus mauvaise que celle que font des gens qui ne vendent pas de bière.

Tout cela créait autour de la place du Châtelet un mouvement et une vie qu'on ignorait et qui contribua beaucoup à souder les deux rives, c'est-à-dire à porter vers la rive droite les habitants de la rive gauche qui n'avaient plus à traverser le soir les endroits déserts des vieilles et sinistres rues qui enserraient la Seine. Cette union des deux rives n'était qu'apparente et la Seine sera toujours là pour séparer moralement la rive droite de la gauche. Cette dernière est le passé, l'autre le présent. On ne sait à qui appartiendra l'avenir. Entre le péristyle de la Bourse et les marches de l'Odéon, il y a plus qu'un fleuve à traverser, c'est un monde à parcourir. Le carnet du coulissier tient plus de place dans la vie que le livre qu'on prend à l'étalage de Flammarion. Les maisons de rendez-vous ne sont pas sur la rive gauche, le nombre des automobiles y est réduit. Le boulevard Saint-Michel n'a pas encore d'officine phonographique et les enseignes lumineuses y sont en petit nombre.

Ce qui démontre que du nord nous vient la lumière et que c'est à d'irréductibles gens innaccessibles au progrès, à de maigres poètes et à de lamentables grisettes que nous devons que cette partie du territoire français, puisse encore figurer sur les cartes géographiques du Paris contemporain.

Béjarol a-t-il bien senti les séductions de ce Paris d'autrefois? a-t-il bien souffert de l'outrancier maquillage de toutes les choses simples?

Il était entré en spectateur attentif de la vie de son temps. Il en avait subi tout le charme et s'était laissé aller à toutes les influences. Mais il était mené par ses sensations. Il jouissait en dilettante de tout ce qui agissait sur ses sens. C'était un contemplatif et un rêveur à froid. De toutes ces impressions, il ne tirait que des notes sur des petits bouts de papier. Il devait être pareil en amour. Ce n'était pas un sensible, c'était un collectionneur de sensations, tels des gens qui se forment une galerie de tableaux ou une bibliothèque sans aimer ni la peinture, ni les livres.

Je ne sais pas au juste ce qu'il fut; je sais ce qu'il est maintenant.

Sur l'esquisse de cette fresque du Paris de 1862, déjà, l'éveil de ses sensations projette l'ombre indécise de la femme sur tous les faits et sur la diversité des choses de la vie de Paris. Il ne fera jamais de cette ombre une lumière, car il n'aura tiré des impresssions qui l'ont formée que ce que les pensées et les aphorismes qui suivent sauront démontrer.

Ce tableau du Paris de 1862, construit à l'aide des notes de ce suiveur de femmes, indique donc quelles randonnées à travers les rues, quelles chasses dans les endroits les plus divers, notre héros dut faire pendant si longtemps, pour suivre partout le jupon des maîtresses de financiers, les retroussés bourgeois des femmes d'employés, le sarrau rayé des cartonnières ou des polisseuses, dans les lacets des rues de Paris où l'entraînaient le mouvement de leurs jupes et la grâce de leurs pieds menus.

Le nez au vent au pied d'un bec de gaz, la faction sous une porte cochère, les heures d'attente à la terrasse d'un café ont souvent fourni à Béjarol des notes suggestives et des observations curieuses. Je retrouve cette documentation dans toutes les notes qu'il m'a laissées.

Ces notes sont avant tout vécues. Elles forment sur la vie de Paris un bagage considérable, dix fois suffisant à faire le livre que Béjarol devait nous donner, livre qu'il ne fera jamais et qu'il ne peut plus faire.

Béjarol fut versé par sa province dans le caractéristique mouvement de la vie de Paris, de cette époque, de cette vie qui n'était pas la vie de parisianisme frelatée de nos jours, cette vie de Paris polluée maintenant par l'apport exotique de toutes les Amériques et de tous les continents, vie frelatée par les sauces de toutes les cuisines suspectes, vie maquillée comme le visage des filles de tous les trottoirs, vie où suintent les combinaisons de rastas, vie désagrégée par les stupres du bluff et de la réclame, vie de décors de théâtres où les financiers ont de l'esprit comme quatre et où les journalistes font des chiffres comme pas un. Cuisine savante. Oh ! certes ! poivrée par la prostitution, par la littérature de maison de passe et par les mises en scène du « théâtre de la rue de la Santé. » Cuisine préparée pour les tables d'hôte de Casino, pour la cohue d'exportation, qui dépose ses malles au coin des trottoirs, et à qui, huit jours après, la rue appartient. Vie de Paris qui n'est plus faite pour les Parisiens qui ne se sentent chez eux, nullement. Et il faut subir, maintenant, ce qu'on aimait autrefois, ce qui est peut-être la meilleure excuse à accorder à l'exil volontaire de Béjarol.

Avec 1863 un autre chaînon se soudera bientôt à l'histoire de la vie de Paris : les *cinq* de l'opposition deviendront les *neuf*.

La pioche du baron Haussmann continuera à éventrer les vieux quartiers. Renan publiera La Vie de Jésus. Scholl fera paraître le Nain Jaune. Victor Duruy sera nommé ministre. La faulx du temps prendra Horace Vernet, Eugène Delacroix et Alfred de Vigny; Joseph Kelm chantera « J'ai un pied qui r'mue, » qui fut une inénarrable scie emplissant la rue de Paris pendant des mois, et les annales parisiennes se continueront avec le cortège de faits qui chaque année alimente les comédies et les drames de l'histoire anecdotique de la capitale.....

IV

NOTES ET SOUVENIRS

Une odeur de violettes. — Beurre et œufs. — Un collègue malade. — Marchande des quatre saisons Une apparition.

Il était dix heures.

C'était par un épais brouillard d'octobre. On jouait, je me le rappelle, « Les Inutiles », à Cluny, j'étais au bord du trottoir, fumant, et regardant au loin les petits points rouges qui trouaient l'horizon, en attendant que la sonnette me rappelât dans la salle.

Un fiacre s'arrêta; deux femmes enveloppées de pelisse en descendirent et entrèrent au théâtre, tandis qu'une bouffée de parfum s'échappant de la voiture me fouèttait le visage.

Je ne sais ce qui me prit; la voiture était libre et embaumée; j'y montai et j'y restai une heure. J'avais, par hasard, un bon cigare. Je fis arrêter à l'Arc de Triomphe pour revenir au théâtre, et, ayant repris ma stalle à l'orchestre, je cherchai, dans la salle, mes deux inconnues; je les retrouvai vite, elles étaient au balcon. Je les rejoignis à la sortie. Oh! elles avaient du charme, sans doute... Mais je n'ai tout de même pas retrouvé près d'elles mon heure de fiacre, en fumant ce cigare, dans cette odeur tiède de fourrure de violette et de chair de femme.

*
* *

Je passais le matin devant une petite fruiterie proprette, *Beurre et œufs*; sur des tablettes de marbre étaient rangés les mottes de beurre, les cônes verdâtres des épinards et des chicorées, avec, au-dessus, les casiers où étaient les œufs classés suivant la catégorie de leur manque de fraîcheur.

A la porte, sur d'étroites tables, se dressaient, dans des paniers, des pyramides de rainettes, des bottes de carottes et de navets, des sacs de pommes de terre, des paniers de raisins, des caisses de mandarines, etc. Deux énormes potirons, aux coins de la boutique, faisaient flamber leurs tons de chrome et semblaient être de monstrueux Boudhas à la porte d'un temple japonais.

Devant toutes ces choses maraîchères, une petite femme brune, à l'œil vif, au geste rapide, rangeait les marchandises, cherchait dans les paniers, mettait en tas les bottes de salsifis et les artichauts. Elle était en jupe courte, relevée derrière, avec un tablier blanc toujours marqué de petites taches roses qui étaient le sang d'un lapin qu'elle avait dépouillé.

J'étais réellement aguiché par cette petite fruitière, me disant chaque jour : « Ah ! si elle vendait des cols de chemise ou du tabac, je ne serais pas long à faire sa connaissance. Mais, quoi faire, quoi acheter dans cette fruiterie? Je fus plusieurs jours sans oser entrer. — je me risquai et me trouvai en présence d'un homme que je n'avais pas vu; un homme à face de belluaire. C'était le mari qui me demanda ce qu'il fallait me servir, pendant que la petite fruitière, pour en rectifier les formes, enfonçait ses doigts roses dans le ton pâle des mottes de beurre.

Je fus décontenancé au point de ne savoir quoi répondre à cet homme que je n'avais pas prévu. — J'aurais pu demander un bondon ou un œuf rouge que j'aurais fourré dans ma poche, mais, me trouvant devant un tas de salade, je répondis sans savoir ce que je disais : « une romaine ».

On m'enveloppa dans un journal cette romaine dont les feuilles s'épanouissaient au-dessus d'un titre de journal de l'époque : *Le Hanneton*. Puis, je me trouvai dans la rue en huit reflets et en pardessus noisette avec une salade entre les bras.

Je n'osais m'en débarrasser en la jetant sur la chaussée. Je marchais cherchant, pour la déposer, une porte cochère sous laquelle le portier ne promènerait pas son balai matinal.

J'aurais certes, trouvé mon affaire quand, devant moi, se dressa la silhouette de mon chef de bureau qui fit semblant de ne pas me voir. Je me suis souvent demandé ce que cet homme a dû penser en me voyant, loin de ma demeure, prêt à entrer dans mon bureau avec une salade sous le bras.

*
* *

Un jour, je fus prendre des nouvelles d'un collègue malade. Je lui causais fort peu, à ce collègue et, entre nous, vraiment, il n'y avait qu'un lien : celui d'être dans le même bureau; je me contentai donc de demander des nouvelles à la concierge. — Oh ! cette concierge ! Un rêve de chairs grassouillettes de vingt ans avec des yeux qui semblaient baigner dans du lait.

Je revins le lendemain, le surlendemain et je n'avais qu'un désir, c'est que la maladie de mon collègue durât longtemps. — « Ne dites pas mon nom » dis-je, c'est inutile. Et je trouvais toujours, en revenant, une raison de causer en regardant les grands yeux de sphinx de cette concierge.

La maladie de mon collègue fut longue et je revins un nombre incalculable de fois. — J'étais devenu le « Monsieur qui vient souvent ».

Mon collègue guéri le sût ; mais la concierge est déménagée ; et ce collègue qui s'est installé « ami » m'embête sans qu'il me reste l'espoir, s'il avait une rechute, de revoir les chairs grassouillettes et les yeux profonds de cette sacrée concierge.

*
* *

Quand au coin d'une rue sinistre, vous rencontrez une femme qui, moyennant quelques francs, vous propose un ébat rapide sous la courte pointe d'un lit d'hôtel, votre esprit conçoit une malheureuse créature arrivée au dernier échelon de l'échelle sociale

S'il est mieux de gagner sa vie en confectionnant, pour quarante sous par jour, de la lingerie, il faut revenir sur une impression qui vous fait négliger une comparaison avec les belles madames, qui ont l'estime de leur voisin, l'amour de leurs maris qui mènent une vie bourgeoise, qui vont voir le jeudi une grande fillette à la pension et qui confectionnent pour leur mari des crèmes au chocolat de la meilleure venue sans que cela les empêche, de quatre à six, de dévoiler au premier venu, sur un divan propice, le secret de Polichinelle de leurs attraits bourgeois.

Vous voyez dans les rues en aussi grand nombre que les filles qui raccrochent, ces autres filles moins recommandables.

Les premières ne mentent pas, elles vendent leur chair comme un ténor vend sa voix et un avocat ses discours. Cette chair leur appartient, et, s'il leur plaît d'en tirer des profits alimentaires, c'est leur affaire.

Elles ne vous font aucun serment et ne vous trompent pas ; à peine, dans un but en somme très louable font-elles un peu de chiqué sur la qualité des spasmes qu'elles débitent. C'est tout. Ne chargeons pas ce pauvre bétail d'amour de paroles de colères, et gardons-leur un peu d'une pitié qu'elles méritent plus que les autres.

Elles sont étranges, les autres qui jouissent de la considération, et qui méprisent leurs sœurs moins fortunées, quand les robes qu'elles retroussent l'une et l'autre, dans un but pareil, se rencontrent dans le va-et-vient de nos rues.

Tu as beau être pimpante et jolie, baissant d'un petit air bourgeois tes yeux de velours sur ton boa de plume, toi, tu mens et tu trompes; et c'est l'autre qui a droit au bouquet de violettes de deux sous du pardon, dont parle le poète.

***

C'était un jour à la porte de l'Eglise Saint-Médard à un mariage où les gens du quartier, massés près de la grille, attendaient la sortie de la mariée.

Elle était enveloppée d'une mante couleur d'amadou qui lui descendait jusqu'aux jarrets; elle avait des sabots et des bas rouges enfoncés dans des chaussons de feutre qui remplissaient ses sabots en rejetant leur trop plein sur leurs bords.

Une figure ronde, aux yeux flambants avec un nez écrasé de kalmouck, une bouche sensuelle, entr'ouverte, qui montrait une rangée de dents blanches et serrées comme celles d'un jeune bouledogue, donnaient à l'ensemble de cette physionomie un air de bestialité sensuelle.

Elle tenait à la main un filet à provision; au travers des mailles on voyait un litre, des légumes et la tache jaune d'un papier de boucherie.

Sale comme un peigne, ses vingt ans disparaissaient sous des chairs grassouillettes qui formaient des petits plis à son cou très blanc. Son corsage aux boutons absents avait peine à contenir des seins fermes et puissants meublant un torse de modèle italien sur des hanches préparées pour d'abondantes maternités.

Je l'avais rencontré quelquefois dans le quartier où j'aimais à fouiller les vieilles rues aux boutiques de province. Elle devait rouler avec tous les terrassiers et les garçons bouchers qui voulaient d'elle. Elle se donnait non pour de l'argent, mais pour une paire de bottines, un peigne en celluloïd ou un dîner de bistro. C'était un morceau faubourien, plantureux, propre à satisfaire copieusement les appétits d'une heure des gens habitués aux chloroses de la prostitution bourgeoise.

Quel scrupule m'empêcha de mordre à belles dents dans cette chair de peuple?

Elle roula dans le monde de garçons de lavoir et de mégissiers. Quelqu'un qui l'eût gardée quelques mois, qui l'eut décrassée, en eut fait une fille, qui, maintenant, tutoyerait des grands ducs.

Dans les faubourgs, il est de ces femmes qui ne quittent jamais leur quartier. Elles y naissent et elles y meurent.

A trente ans, elle sera encore plus grosse et aura épousé un paveur.

On la retrouvera grimpant la rue Mouffetard avec une croupe d'hottentote, un ventre de silène, et une face de curé, poussant devant elle une voiture de marchande des quatre saisons dont les cahotements promèneront sur ses salades le tumultueux va-et-vient de ses seins énormes.

*
* *

Je sortais d'une soirée mondaine, impatient d'aller évaporer dans l'air frais de la nuit tous les parfums, toute la musique, toutes les lumières et toutes les odeurs de femme dont mes sens étaient imprégnés.

J'allumai un cigare, je descendis le Trocadéro, en suivant les quais ; je humais à pleines narines gourmandes la fraîcheur de l'eau, les yeux perdus au loin dans un ciel splendide, voilé d'un incroyable fourmillement d'étoiles.

J'arrivais à un pont, quand, de l'autre côté du parapet, je vis une étrange forme se dresser devant moi. C'était une longue et maigre femme enveloppée, de la tête aux pieds, dans un manteau qui descendait jusqu'à terre; coiffée d'un grand chapeau à plume noire elle avait l'air satanique d'un Rops.

Elle bondit sur moi, me proposant des distractions pour lesquelles je n'étais pas préparé. Elle s'accrocha à mes pas, me prit le bras, et, avant que j'aie eu conscience de rien, par l'ouverture laissée par des boutons défaits, elle enfouit ma main sous ce grand manteau de mélodrame.

Elle était nue, là-dessous, toute nue; nue comme un ver, avec seulement des bas qui lui montaient au-dessus du genou et des bottines à lacet qui la chaussaient très haut.

J'eus beaucoup de mal, beaucoup, à me débarrasser d'elle.

Dans la profondeur d'un bois cette femme diaboliqué vous eût donné le désir d'un rut de bête fauve ayant quelque chose de terrible.

V

QUELQUES-UNES.

Me voilà classant, à mesure que les papiers se présentent sous ma main, ceux qui n'étant pas que de simples notes paraissent avoir été tirés d'un fait ou d 'une vision, d'un tableau ou d'une aventure au sujet desquels Béjarol a trouvé bon de s'étendre un peu.

Certaines de ces feuilles ont même une tournure de littérature, on y sent des pages préparées pour l'imprimerie. Je publie les pages telles qu'elles sont. Je n'ai pas à les corriger. Il y en a la matière d'un volume. Quelques-unes suffiront pour donner une idée des autres.

Elles n'ont la plupart, ni origine, ni date — on ne sait d'où elles viennent ni la distance qui les sépare — chez ce classeur de papiers, c'est toujours la même méthode d'imprécision : ni dates, ni noms, ni endroits. Il semble qu'il ait voulu laisser à tout cela quelque chose d'impersonnel et d'imaginé. Béjarol n'était pas vaniteux, le « moi » lui faisait un peu peur ; et, s'il s'en est servi, c'est que ce « moi » pouvait appartenir à tout le monde.

*
* *

« C'était au lunch qui suivit le mariage d'un personnage important du ministère. Quelques chefs de service y étaient invités. Je faisais partie de ces privilégiés ; et, comme une journée à passer loin du bureau était une aubaine, je me rendis à ce lunch qui fut aussi lamentable que le comporte une réunion de gens qui ne se sont jamais vus.

Je retrouvai, là, la délicieuse femme qui devait faire une vie épouvantable à mon chef méridional maussade et malfaisant ; ce bourru avait une barbe qui lui mangeait des yeux sur lesquels retombaient des sourcils qui rejoignaient cette forêt de poils.

Je faisais, depuis longtemps, un brin de cour à la femme de ce charbonnier, grand fumeur, duquel j'avais gagné les bonnes grâces, en lui donnant des boîtes de cigares de choix que je disais recevoir d'un ami d'enfance, fonctionnaire à la Havane; quand, en réalité, je les achetais; ce qui, en même temps, était une façon d'acheter les rares expressions de bienveillance qui pouvaient se mouvoir dans cette barbe noirâtre.

Je voyais, dans une maison amie, ce ménage dont la femme adorablement rose, faisait contraste avec ce bloc d'anthracite. Cette maison amie était sinistre, on y donnait des petites soirées décevantes ; on y mangeait des petits fours à la poussière, et les punchs avaient un goût de pommade qui ne devait être que le résultat de la combinaison économique qui présidait à leur confection. Je n'allais dans cette maison que pour voir la femme de mon chef.

A ce lunch, je trouvai, et je le pensais bien, la femme de ce Jean Hiroux que je gavais de havanes. Lui, avait dû regagner le bureau. Je le savais ; sa femme m'apprit qu'un travail en retard le mènerait jusqu'à minuit, qu'elle ne rentrait pas chez elle, et qu'elle allait dîner, chez des amis, à Rueil.

— Je vous envie, lui dis-je, par ce beau temps; c'est une joie de dîner à la campagne.

— D'autant plus que chez mes amis on mange dans le jardin, ajouta-t-elle.

— C'est le rêve. Et les soirées sont si belles! que, volontiers, on s'attarde devant la pâle lune qui laisse tomber sur les nappes blanches de si jolies taches de lumière!...

— Oui, mais je pars tôt, il faut que je prenne le train à 9 h. 1/2.

— Oh! on s'attarde volontiers, surtout par cette chaleur.....

— Oh! non, je ne manquerai pas mon train de 9 h. 37.

Une heure avant l'arrivée de ce train, j'étais à la gare Saint-Lazare, grillant des cigarettes devant la porte de sortie. Je regardais l'heure à chaque instant! enfin, le train arriva; et, dans la foule, je reconnus très vite l'adorable petite femme de mon paourd de collègue. Je me plaçai devant elle en riant.

— Oh ! quelle folie ! — Notons qu'elle m'attendait; je l'ai su après ; et c'est ostensiblement qu'elle m'avait renseigné sur cette heure de train qui m'eut été bien indifférente, si je n'avais su que c'était une occasion rare de la trouver seule.

. . . .

Elle savait aussi qu'on pouvait manquer un train et prendre le suivant, ce qui lui donnait une heure de liberté.

. . . .

Cette heure de liberté, désirée depuis longtemps, fut fort bien employée...

Un tramway qui venait de la gare passait devant sa porte. Nous prîmes une voiture que je fis arrêter pour qu'elle put prendre le tramway d'où elle devait descendre, mais, resté dans le fiacre, je la suivis quand même, et je la vis descendre devant chez elle... A la fenêtre, j'aperçus une tache noire et broussailleuse, piquée au milieu par un point de feu : c'était le barbon qui fumait un de mes cigares.

Au bureau, le lendemain, il me dit :

— Eh! bien, et cette affaire, ça s'est bien passée? Quelle belle soirée! J'ai travaillé jusqu'à 11 heures et je me suis mis à la fenêtre attendant ma femme qui était à dîner chez des amis à la campagne.

— Oh! moi, j'avais pincé une migraine et, à six heures, j'étais couché...

*
* *

Quoiqu'elle eut une petite tête naïve de gamine il eut été dommage de lui donner le Bon Dieu sans confession, à part, que tout de même, ç'eût été imprudent.

Mais ses confessions, ses confidences plutôt, étaient si drôles que, traduites à l'aide de toutes les images et de toute la cocasserie dont son esprit de faubourg les assaisonnait, c'était un vrai régal de les écouter sortir de sa bouche gamine.

Elle avait une figure à la va-comme-je-te-pousse, où tout était de travers et mal en place, et on ne comprenait pas du tout d'où lui venait le charme endiablé qui se dégageait de sa physionomie mobile, de la drôlerie de ses gestes, et d'où pouvait venir toute la saveur qui se dégageait de ses propos d'atelier.

Elle était gourmande comme une chatte, et son bec était toujours poudré de miettes de brioches ou de pralines. De ses poches, qu'elle vidait pour chercher son mouchoir, s'échappaient toujours des crottes en chocolat roulées dans du papier, des mandarines et des morceaux de pain d'épice aux amandes qui étaient un de ses régals préférés.

Elle avait un amant qui était étudiant en droit. Il lui payait sa chambre, ses toilettes et sa pension dans un petit restaurant de la rue Monge. Elle l'appelait « Bébé rose ». C'était un être poupin destiné à être cocufié plus tard, sous le couvert des panonceaux d'une étude de notaire de département.

Je l'avais rencontrée à un bal de l'Internat et, de temps en temps, elle venait m'attendre à la sortie du bureau.

Je l'emmenais dîner dans des restaurants où les plats étaient copieux, car elle... boulottait comme un gendarme. Je la comblais de toutes sortes d'entremets sucrés et de desserts, pendant que moi, je n'avais d'autre régal que d'écouter ses confidences. Elle vidait toute son âme en petits paquets, très franchement, sans avoir aucun souci de ce qu'elle disait. Elle avait une mentalité étrange ; elle n'aurait pas fait de mal à un petit oiseau mais, le sachant, elle aurait accompli des actes susceptibles de conduire son amant au suicide ou à la prison.

Elle me disait que rien ne l'amusait comme de ne pas venir aux rendez-vous qu'elle lui donnait, pour le seul plaisir d'aller le retrouver, très tard, dans sa chambre où, sur sa table, il pleurait comme un veau (c'est elle qui parle). — Non, si vous voyiez, ces jours-là, la tête de « Bébé rose », c'est crevant !

Je vis « Bébé rose », une fois — c'était

C'est en chemise

au bal de l'Opéra. — Elle était adorable de canaillerie dans un costume de Titi que je lui avais conseillé. Je la rencontrai, par hasard, avec « Bébé rose » en habit, la boutonnière fleurie d'œillets pâles. Il était mieux que je ne le pensais.

Je me trouvais assis à une table du buffet devant une coupe de champagne, quand elle vint à moi, toute seule.

— Je vous avais vu, je l'ai égaré. Dites donc, je prendrais bien quelque chose, j'ai faim !

Elle avait toujours faim !

Je demandai une coupe et un sandwich.

— Y a pas autre chose ?

Je l'arrêtai au moment où elle allait demander un ragoût de mouton ou un bœuf aux choux.

Malade, et réfugié en Provence chez un vieil oncle, je disais à Béjarol « Ecris-moi, tu dois avoir des aventures d'amour à me raconter ; elles m'aideront à patienter et à attendre la fin de mes misères ».

Je retrouve sa lettre :

Mon cher ami,

Je n'ai rien à te raconter, mais je classe des papiers et je retrouve l'histoire d'un rendez-vous d'amour où je t'avais pris une fois par hasard pour confident.

Te rappelles-tu, ami, cette apparition blanche, un matin d'avril, sur le quai d'une gare de banlieue. Tous deux, nous attendions le train ; toi, indifférent, moi, livré à toutes les angoisses de l'attente, de cette attente qui vous sème dans l'esprit qu'elle est vaine et inutile ; qu'*Elle* ne viendra pas..... celle qu'on attend. Elle m'avait si souvent promis.... elle promettait toujours ! Et cette angoisse s'augmentait de ta présence ; du ridicule que j'allais offrir à tes yeux de blagueur, à ta bouche qui serrait entre ses lèvres l'ironie irréductible qui est en toi et qui, sans que tu me dises rien, allait me mordre la peau jusqu'aux os.....

Nous attendions donc.... le train ne venait pas ; quand on attend, le temps n'a plus de base d'appréciation. Une minute est une heure! On tire dix fois sa montre avant que l'aiguille qui marque les secondes ait fait le tour de son petit cadran. Nous attendions.....le train n'arrivait pas, par la raison bien simple que l'heure de son arrivée n'était pas encore venue. N'importe... pour moi, il était en retard..... Enfin, au loin, un coup de sifflet retentit.... un léger nuage de fumée couronna un pommier en fleurs, au loin, derrière le pont qui coupait l'horizon de sa demi-lune de clarté!...

. . . .

..... Le grincement des essieux à l'arrêt..... les portières s'ouvrirent..... Quelques paysans avec des paniers descendirent, puis, d'autres gens..... cependant, une femme à petite tête de Diane, en complet de piqué blanc, l'ombrelle tenue comme une houlette par une petite main gantée descendit à son tour.

Tu ne m'as pas regardé à ce moment-là? Je devais avoir dans les yeux tous les rayons de soleil du département. Oui, c'était bien Elle. Pour une fois, ou deux, elle m'avait tenu promesse. Elle était venue! Oui, oui, oui, c'était bien elle!.... Tu ne te rappelles pas comme elle était jolie!

Nous allâmes droit devant nous. Nous traversâmes un pont, lequel? Quelle rivière? Puis, nous nous attablâmes dans une auberge, au bord de l'eau; nous avons dû manger de la friture, c'est probable, je n'en sais rien, boire du vin aigre, c'est possible, je ne me souviens que de ceci: c'est qu'au dessert, nous te quittâmes pour aller cueillir une branche de sureau; et, qu'en secouant l'arbre les fleurs neigeaient sur nos têtes; je sais aussi qu'un canot passa, et j'ai dans l'oreille le bruit de cadence des rames, et le clapotis de l'eau sur les bords de la rivière pendant que je voyais tout l'azur du ciel dans ses yeux et que j'ai encore, après si longtemps, le goût d'amande de ses lèvres qui me grise comme un parfum qui ne s'est jamais évaporé...

Tu devais te dire : quelle préface? Eh bien! mon cher, je n'ai jamais lu le livre.

***

J'emboîtai le pas, un jour, rue de Rivoli, à une petite femme enveloppée d'une pelisse et coiffée d'une minuscule toque d'astrakan qui couvrait à peine le chignon roux d'une abondante chevelure; l'ayant dépassée, je vis un nez tout petit, de ces petits nez gourmands qui paraissent chercher des sensations dans l'imprévu de la rue. Ces petits yeux blagueurs, avaient piqué leur lueur dans les miens et je suivis ferme, passant derrière l'église St-Merri, pénétrant dans ces vieilles rues du quartier du Temple pour arriver rue de Rambuteau sous une petite porte, où ma chevelure rousse, surmontée d'une toque, s'engouffra après m'avoir jeté encore une petite lueur de ses yeux.

Je grimpais les marches d'un escalier quand, tout d'un coup, se retournant, dans un éclat de rire, ma petite frimousse me jeta au nez :

— Non, c'est trop rigolo, mais, je n'ose pas aller jusqu'au bout ; je voulais vous *monter un bateau* ; je vous amenais chez des amis, où je vais tirer les rois, pour voir la tête que vous feriez. Mais, comme je rejoins mon mari et que c'est un *pisse-vinaigre*, qui ne comprendrait pas la blague, ça ferait du *chichi*. Allez-vous en.

Je crus devoir être brave : « Vous m'avez laissé vous suivre jusqu'ici et je vous obéirai ; mais, si vous voulez pousser jusqu'au bout la plaisanterie que vous vouliez me faire, j'en accepte les conséquences.

— Non, me répondit-elle, d'abord parce que, quoique m'étant laissée suivre, je suis une petite femme sérieuse, et, ensuite, parce qu'il vaut mieux que nous prenions rendez-vous demain à cinq heures, au bureau d'omnibus du Châtelet...

*
* *

Je n'ignorais pas qu'il y avait quelque danger à risquer une aventure avec la délicieuse créature qui était la femme de ce sire peu débonnaire, ancien avoué jeté dans les affaires, homme retors et dont il fallait se méfier.

Il était grand, fort, avec une tête sans barbe, des yeux torve et une bouche de batracien qui paraissait rejeter de honteux liquides chaque fois que ses lèvres plates et décolorées se disjoignaient.

Le désir de faire cocu cet homme jaloux comme douze tigres était des plus avouables, mais, l'ivresse de mordre à belles dents les petits frisons du cou de sa femme suffisait à expliquer toutes les imprudences.

Je ne raconterai pas comment une longue et patiente diplomatie nous avait jetés dans une chambre d'hôtel d'exportation aux environs du Champ de Mars, où, enfin, nous étions tranquilles et porte close.

Et, comme un gourmand, sûr que rien ne lui échappera de la gourmandise convoitée, je me laissais aller à l'énervante analyse de tous les joyaux qui, l'un après l'autre, s'offraient à moi.

.out d'un coup, à la porte, on frappe :

Bon, ca y est! C'est le batracien. Je m'y attendais, pensai-je, pendant que ma compagne apeurée, s'enveloppait dans un des rideaux.

Je ne répondais pas.

— Pan, pan.

— Qui est là?

— Le garçon, monsieur, c'est pour avoir un corset enveloppé dans un journal, qui doit être sur la toilette.

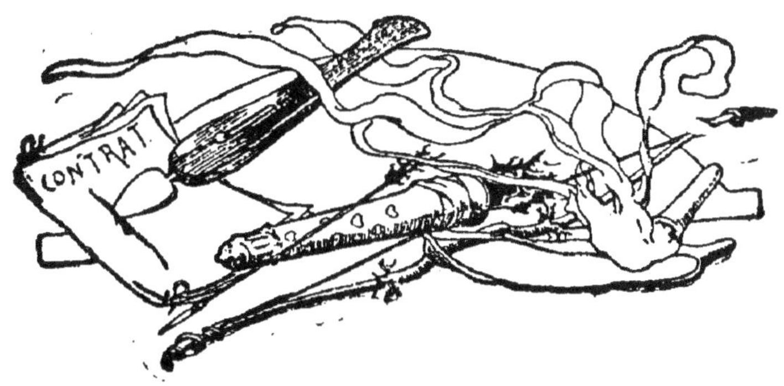

VI

IMPRESSIONS FÉMININES

Les bas de soie. — Un suiveur. — Voitures à l'heure ou au mois. — Grands magasins. — Un géranium. — Les lettres de femmes.

On ne saurait méconnaître l'impression de vérité qui se dégage des carnets et des notes laissés par Béjarol. Ah! ce n'est pas de la copie préparée dans un cabinet de travail par un professionnel.

La variété, la différence des papiers, l'usure qui vient dire leur âge, le temps qui a effacé le crayon, les gouttes de pluie qui, dans la rue, sont tombées sur ces feuilles, témoignent de la façon dont elles ont été écrites sous la pluie et sous le vent.

Elles viennent de partout: des impériales

d'omnibus, de tables de café; elles sont griffonnées sous une porte cochère ou dans une allée de jardin. Elles sont ce qu'elles sont, sans que je les corrige autrement que pour remédier à une négligence; elles doivent garder les défauts qui sont leurs qualités.

*
* *

J'ai souvent aimé des femmes pour une seule chose que je trouvais en elles: Pour la voix, pour les cheveux ou pour un rien dans la physionomie que j'étais peut-être le seul à apprécier.

*
* *

J'ai connu une très grande femme à mâchoire de cheval et à nez pointu, élégante mais pas belle, que je n'aurais su désirer si elle n'avait pas eu des bas de soie qui, d'ailleurs, gantaient une jambe d'une ligne exquise et que terminait un pied adorable; mais, ce bas de soie faisait frémir l'épiderme, et il caressait amoureusement une jambe de Diane. Autrement, c'eût été la jambe de tout le monde.

*
* *

Un de mes amis, un avocat, prend chaque soir de bal, une femme à Bullier; Il l'emmène dans sa maison quand le gaz est éteint et il la fait monter devant lui... jusqu'à sa porte au 4e; puis il la fait redescendre et lui donne un louis.

*
* *

Un de mes collègues demeure à Colombes et ne prend jamais que le train de 7 heures pour rentrer chez lui. Il a loué une chambre rue d'Amsterdam. Il glisse sa carte sous le bras ou dans le manchon des femmes qu'il rencontre — et qu'il ne choisit jamais parmi les professionnelles, — avec indication d'un rendez-vous. Il pratique depuis longtemps, et il me dit qu'il y a une carte sur quatre qui lui amène une dame.

*
* *

Je vis un jour chez un potier un vase dont

la forme s'inscrivait dans des lignes d'une harmonie et d'une souplesse exquises.

Un autre vase voisinait dans sa forme commune et maladroite avec ce premier vase délicieux.

Je repassai chez le potier quelques jours après : Les deux vases avaient été décorés. Le premier n'avait plus cette forme délicate qui m'avait ravi, le second était devenu clinquant et tape-à-l'œil propre à séduire davantage. C'est le maquillage des femmes.

*
* *

Je lis dans les mémoires du comte de Viel-Castel que Lord Hertford paya un million une nuit qu'il passa avec la comtesse de Castiglione. — La comtesse de Castiglione avait été envoyée comme cadeau royal par Victor-Emmanuel à l'Empereur, après la campagne d'Italie. — J'entendais hier, au théâtre les confidences de mes deux voisins de stalles de parterre. L'un disait que pour une paire de bottines il avait obtenu la même faveur d'une petite modiste. Et dire que la « bonne affaire » c'était peut-être la petite modiste !

*
* *

Un de mes amis me disait qu'il avait eu une voiture à lui dont il ne pouvait guère se servir parce que son cocher, pour se rendre libre, inventait toujours des maladies à son cheval.

Je me suis contenté alors d'une voiture au mois, dit-il, ce qui m'a jeté dans d'autres ennuis.

Maintenant, je prends des fiacres suivant mes besoins. Ça me coûte dix fois moins et je suis mieux servi.

J'applique maintenant cette théorie aux femmes ; si j'avais fait cela plus tôt j'aurais une forte somme que je n'ai pas, je n'aurais pas été ridicule dans de certaines occasions et je ne me serais pas fait crever un œil en duel.

*
* *

On trouve de tout dans les Grands Magasins ; et, quoique il n'y ait pas de rayon spécial, il est aussi facile de s'y procurer des femmes que des gants ou des cravates, et l'œil averti y découvre quelquefois des soldes et des occasions qui font très bien son affaire.

*
* *

Oh! la tête vide des sorties d'hôtel aux matinées d'hiver! quand le froid vous cingle la peau, quand l'air qui vous fouette le visage n'arrive pas à vous affranchir du masque de poix que laissent les nuits où chaque heure qui s'en va devient de plus en plus décevante, où chaque minute qui tombe est plus lamentable et vous éloigne cruellement du sanctuaire d'amour paré de fleurs où vous aviez enfermé vos rêves.

*
* *

Sur une fenêtre un géranium qui change de place indique, que la dame a un amant.

*
* *

Je n'ai jamais beaucoup compris les amours ancillaires ; ce sont des plats qui doivent être consommés sur place. Un rendez-vous dehors, à un bureau d'omnibus, quand la bonne a mis son chapeau, et ses gants gris perle vous fait toujours ressembler à un garde de Paris qui utilise son jour de sortie

*
* *

Vouloir aimer, chercher toujours, courir après l'inconnu... c'est faire des annotations sur les marges d'un livre qu'on n'a pas écrit.

*
* *

J'ai vu, souvent, dans des bureaux d'omnibus des gens qui attendaient une femme et, quand elle ne venait pas, ils s'en allaient avec une autre.

*
* *

J'ai trouvé très peu de lettres de femmes dans les papiers de Béjarol. Il ne les sollicitait pas ; l'opinion qu'il a émise à ce sujet le démontre.

D'abord, dit-il, les lettres de femmes sont comme les discours d'académiciens, il semble toujours qu'on a déjà lu ça quelque part, et alors, il vaut mieux Mme de Sévigné qui ne vous oblige nullement à lui répondre.

Ensuite, ces lettres manquent souvent de littérature, et, quoiqu'il soit inutile d'en chercher, c'est encore moins drôle d'en trouver que d'en constater l'absence.

Une correspondance macaronique d'une... inconnue... connue... avec Guy de Maupassant, s'est terminée d'un coup par cette lettre de l'écrivain. « Tout cela est très joli, mais j'aimerais bien mieux savoir quand nous coucherons ensemble. »

— J'ai peu écrit, dit-il, parce que je n'avais jamais à parler d'autre chose ; et, comme c'est une chose dont je n'aime pas du tout à parler, ma correspondance amoureuse s'est réduite à fixer des heures de rendez-vous.

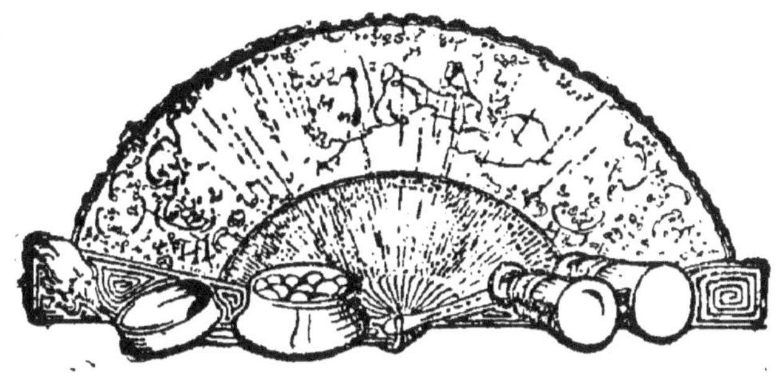

VII

PENSÉES ET APHORISMES

Autour des femmes. — Une philosophie nébuleuse. — Les gouttes de bitter — Les radotages d'un vieux garçon. — Un bouquet de pensées sauvages. — Le rire de Cupidon.

Les pensées et les aphorismes de Béjarol découverts un peu partout, tellement un peu partout, que j'en recueille sur des marges de journaux, sur des billets de concert..... ce qui indique que ces pensées lui venaient un peu n'importe où qu'elles lui étaient suggérées par un fait ou dictées par une sensation.

Ce qu'il y a de particulièrement curieux dans la partie la plus concise, la plus lapidaire des choses écrites et laissées par Béjarol, dans les bribes de quelques mots, tombés au hasard du moment, sur n'importe quel papier en poche, c'est qu'il n'y a plus aucune correspondance entre ces choses courtes et ce qu'il nous montre de lui dans les parties plus délayées de ses observations et de ses discours. Il faudrait presque en conclure que, malgré son accent de sincérité, il se plaisait à faire de la littérature sur l'attitude de suiveur de femmes qu'il s'était donnée.

C'est égal, je me méfie un peu, les gouttes de bitter tombant, peu à peu, dans les bavaroises et le champagne d'un Béjarol, avant tout j'm'en foutiste et jouisseur, me déconcertent. Je n'analyse pas Béjarol, je ne fais pas une étude sur lui. Je ne le juge pas. Je le suis comme on suit un oiseau qui sautille de branches en branches et va d'un pommier en fleurs à un chardon. Je note seulement le frémissement de la branche sur laquelle il s'est posé sans demander ni à l'oiseau ni à la branche le pourquoi mystérieux.

J'ai donc extrait pour le bouquet de ces

aphorismes et de ces pensées les fleurs et les plus éclatantes et les plus vénéneuses. Ce bouquet est de couleur sombre, et le lien qui serre ces fleurs diverses empruntées à une flore qui va du pavé de nos rues à des plantes des tropiques, les tiendra réunies ensemble, mais non unies ; elles sont disparates, elles vont de ce qui aide à vivre à ce qui tue ; et, si elles arrivent à créer une harmonie, c'est l'harmonie du néant.

« *Je n'ai aimé qu'une femme et cette femme n'existe pas. Je n'ai jamais fait que préférer celles qui lui ont plus ou moins ressemblé.* »

La vie m'a broyé entre deux mots : Toujours, Jamais.

Si la femme d'un poète est laide, il en fait quand même un sonnet.

On devient l'amant d'une femme en la faisant rire ou en la faisant pleurer.

Il y a des hommes qu'on trompe et d'autres qu'on trahit, en accomplissant ile même acte.

Amour : il n'y a peut-être pas un mot qui serve à exprimer des choses plus différentes.

Suivre une femme est toujours la préface d'une comédie ou d'un drame.

Il est souvent plus facile de se débarrasser de sa propre femme que de celle d'un ami.

Chez les femmes, il y a des virtuoses et des dilettanti. Je préfère les dernières.

Les gourmets ne pénètrent ni dans les cuisines ni dans les cabinets de toilette.

Une nouvelle maîtresse n'est le plus souvent qu'un volume qu'on n'achète qu'à cause du titre.

Quand une femme a une attaque de nerfs, il ne viendra à personne l'idée de donner des soins au mari.

Une odeur suffit à faire s'évaporer un parfum.

Une femme à soi, c'est beaucoup ; deux c'est trop ; trois ce n'est pas assez.

La femme qui se donne coûte toujours plus cher que la femme qui se vend.

En amour, tout ce qui est défendu est permis.

Cent sous, cent francs, cent mille francs : même chose.

Si une femme lit beaucoup, elle appartient toujours à celui qui sait lui choisir ses livres.

L'amour est un plaisir pour certaines femmes ; pour d'autres un devoir et pour d'autres un métier.

Un mari disait : Je préférerais cent fois être cocu que d'être aimé de la façon dont je suis aimé !

Aimer ou être aimé ? La tranquillité commande de ne se réduire à aucune de ces deux extrémités.

Duclos disait : " Un bon fromage, un bon livre et n'importe laquelle." Duclos devait s'y connaître en femmes.

Il est des femmes vertueuses auxquelles il ne manque qu'une chose : la vertu.

L'amour se définit ainsi : « Affection cérébrale qui se guérit par les distractions et les voyages. » Il faudrait ajouter: Et par les femmes.

Mon époux, mon mari, mon homme, ces trois mots suffisent pour établir le schéma de trois têtes différentes.

On complimentait un auteur à femmes sur ses livres de chevet : « Mes livres de matelas se vendent mieux, dit-il. »

Le sourire qu'on voit n'est rien; celui qu'on devine est mieux.

Les yeux savent encore mieux mentir que la bouche.

Une femme galante a usé un certain nombre de poitrinaires. — On l'appelle : le Sanatorium.

Dire d'une femme : elle a de jolies dents est une expression surannée. On est plus près de la vérité en disant : elle a un joli dentier.

Deux femmes ont des chapeaux et des cravates pareils : petit ménage.

Je voudrais d'un amour qui, venant à me manquer, me donnerait des idées de suicide.

Il est bon que les femmes se doutent de certaines choses ; il n'est pas bon qu'elles les sachent.

En amour l'inexpérience a du charme quand l'habileté n'a plus d'attraits.

Il y a des dépenses inutiles : Si l'on veut bien dîner, il ne faut pas grignotter un petit pain à quatre heures.

Dumas fils a dit : « Une fois par mois, pour dégager le cerveau » — c'est peu.

Une femme mariée qui a un amant : C'est un mur mitoyen.

« Suivez bien mon raisonnement » me dit une femme. — Ah ! non, par exemple !

Une autre : « Vous devez être passionné ? ». Elle m'a fait fuir.

Une femme épuisait avec moi tous les noms de basse-cour et de jardin potager — et, il me semblait, quand je n'entendais parler que de poulet, que de gros choux, de lapin rose et de pigeons que j'étais dans la boutique d'un fruitier.

En amour la théorie et la pratique font toujours mauvais ménage.

Le plaisir de changer de femme n'existe qu'avant d'en avoir changé.

Dans les scènes de ménage la colère d'une femme s'accroît en raison directe des bonnes raisons que le mari lui oppose.

Une femme me disait : — Avec mon mari je ne gagne mes batailles qu'en chemise.

Un homme que sa maîtresse avait quitté m'a dit : J'en ai retrouvé une à peu près pareille.

La seule raison qu'on a de préférer les femmes des autres à la sienne, c'est qu'on les a moins souvent.

Un homme qui épouse une femme divorcée se renseigne près de tout le monde.... excepté près du mari.

Écrire ses souvenirs : « Casser du sucre avec mélancolie ».

Les partisans de l'émancipation de la femme sont des gens qui reprochent à la Joconde de ne pas avoir de moustaches.

Il est bien d'autres pensées de Béjarol ! Je n'aurais jamais crû qu'il eût autant pensé ! C'est une forêt vierge où l'on se pique plus souvent les doigts qu'on ne cueille de fleurs... et la besogne de ce triage me semble d'autant plus aride que Cupidon qui lit derrière mon épaule rit bien fort et que je ne sais vraiment pas si c'est de Béjarol ou de moi qu'il se moque.

Je transcris, tel que je le trouve, le commentaire des pensées et des aphorismes de Béjarol. Je n'ai rien à y ajouter. Je veux lui laisser son accent de sincérité et de profonde mélancolie.

. . . .

De temps en temps, les heures de lassitude et d'ennui m'amènent à demeurer quelques jours chez moi, pour me concentrer un peu..... pour filtrer ma morale..... pour essayer, comme le ferait un moine, une sorte de retraite qui rafraîchirait mes sens, qui enlèverait de mon cerveau le pouvoir créateur de l'irréductible doute qui l'obsède, qui me ferait échapper à cette cruelle détresse, qui vous laisse la sensation, à de certaines heures, qu'on est égaré dans une forêt profonde, qu'on s'enfouit dans une ombre épaisse et que, on ne marche que pour perdre l'espoir de retrouver le grand air, le coin de ciel bleu qui viendraient vous aider à aimer la vie.....

Et je reste là, dans mon humble logement de garçon de la rue de l'Université, prolongeant volontairement cette retraite autant que je le puis faire... restant des heures accoudé à ma fenêtre, devant les grands arbres du jardin de l'École des Ponts et chaussées, où le vol de grands ramiers sillonne l'air, avant que, s'appelant de leurs petits cris, ils aillent regagner leurs nids, sous l'ombrage.....

Toutes les pensées sombres que j'ai notées me viennent de ces heures de retraite... Dans l'escalier, je rencontre des femmes avec des mioches..... le soir, un employé comme moi, revient de son bureau et sa vraie vie commence sous la bonne lampe, autour de la table, où, sa femme reprise les bas de la grande fillette qui fait ses devoirs, pendant que lui, lit son Montaigne ou son Rabelais!..; Et, de ma fenêtre, je me pénètre de leur vie; je vois la lampe s'éteindre après dix heures, et tout le monde s'aller coucher pour reprendre demain la même vie pareille.

Moi, je n'ai pas voulu des chemins tracés par les autres!... J'ai préféré suivre des sentiers, qui ne mènent nulle part; j'ai cru y cueillir des fleurs qui auraient été plus belles que les autres : je me suis ensanglanté les doigts, et je me suis perdu; je n'ai plus rien vu devant moi, pas même la fumée de la vieille cheminée d'auberge qui guide les pas vers le bon gîte d'une heure, devant la grillade de jambon et le vin clairet du dîner, au milieu du va-et-vient des rouliers..... Avant de regagner le lit dont les draps sentent bon la lessive et dans lesquels on s'enfonce, comme dans de la paille, pour dormir d'un sommeil du temps des Mérovingiens.

. . . .

Demain viendra..... j'aurai assez de ma solitude et je me rendrai compte de l'inutilité de ma retraite. La vie de Paris me reprendra; les quelques jours de jeûne m'auront rendu plus faible devant ses tentations, et je continuerai à être à la merci du premier jupon rencontré sur ma route.....

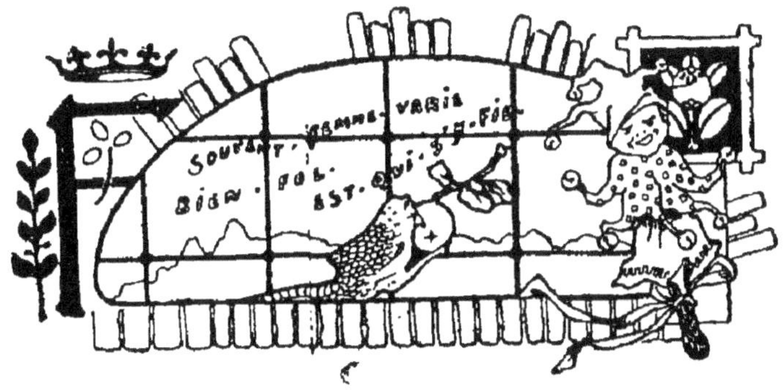

VIII

CROQUIS PARISIENS

Apparition. — L'attente. — Terrasse de café. — Une voisine de table. — La pêche à la ligne. —

Ce soir, au coin d'une rue, une boutique de marchand de vins jette sur le trottoir une éclatante traînée de lumière. Ce quartier est éloigné, la rue est sombre, les autres boutiques sont fermées ou presque : un volet pas encore accroché, une fenêtre de concierge ouverte, un bec de gaz, laissent seuls tomber quelques lueurs dans la rue longue que rougit au loin l'éclairage d'un carrefour.

Une silhouette s'estompe dans la brume, se précise à mesure qu'elle avance, accrochant aux lueurs, devant lesquelles elle passe, des touches de lumière qui se jouent sur les bords d'un chapeau, qui marquent la saillie des épaules, ou dessinent le pli d'une robe Puis, d'un coup, cette silhouette, comme une apparition, pénètre dans l'éclat débordant de la boutique éclairée. Un fin profil se dessine, une taille menue se montre ; un geste gracieux s'inscrit sur la crudité des vitres..... et la silhouette fine et délicieuse, baignée de clarté un instant, s'en va..... s'imprécise à nouveau pour se perdre au loin dans la nuit.

*
* *

Au café, par la porte tournante, une jeune femme, vivement, pénètre. Autour des tables, son regard circule et monte au plafond, vers l'horloge. La dame s'assied, tire sa montre et demande un quinquina que le garçon lui apporte :

— Pas de lettres pour moi ?

— Rien vu.

La dame, à nouveau, regarde l'horloge, pêche la montre dans son corsage, feuillette les images à l'envers, et, de son pied menu, bat, de petits coups rapides, le sable jaune du parquet.

Les minutes filent, le temps passe; et, sans impatience, la grande aiguille continue autour du cadran son voyage circulaire, pendant que la petite dame qui a regardé dix fois sa montre et nerveusement continue les battements de son petit pied sur le sable jaune, se lève, renverse une chaise en arrangeant sa robe, se dirige vers la porte en faisant un signe au garçon :

— V'là une heure que j'poirote ! S'il vient tu lui diras que je.....

« Mais le lecteur français veut être respecté. »

*
* *

Il en passait de toutes les sortes à ce coin de boulevard où, assis, je regardais s'écouler ce flot de gens à l'heure où le cœur de Paris vide ses artères gonflées dans les rues de ses faubourgs et vers ses allées de banlieue.

Vieux et jeunes, gras et maigres, purotins et déclassés, tous grimpaient vers les hauteurs suburbaines, dans l'affranchissement d'une journée de labeur.

En somme, me disais-je, tous ces gens mangent, dorment et font l'amour.

Les uns ont des rhumatismes, les autres des procès, et la plupart doivent posséder des femmes acariâtres.

Il est six heures ; dans ce quartier de travail bien des gens passent après avoir quitté leur comptoir ou leur établi. Des apprentis, déjà, se préparent aux misères de la vie en culottant des pipes et en courant après des jupons de brunisseuses.

De vieilles gens, lamentablement, usent leurs semelles pour rentrer dans des logis

Apparition

sombres où ils macèrent jusqu'à l'heure du coucher, après avoir jouéaux cartes ou ingéré les inutiles nouvelles des journaux du soir.

La figure de gens plus jeunes indique, qu'ils viennent d'apprendre qu'ils sont cocus, ou bien qu'ils se sont aperçus qu'un rapide entretien avec une jeune personne qu'ils ne connaissaient guère, allait leur laisser des regrets prolongés.

D'autres encore cheminent, las et fatigués après une journée à la recherche d'un emploi en coudoyant d'autres qui ont perdu aux courses leurs mois d'appointements.

Et tous les flots de ces misères portées par des êtres divers s'écoulaient lentement, tandis qu'un voile de brume descendait à l'horizon, lesmêlant et les masquant toutes dans la grande et infinie tristesse des choses.

Quand on est un chenailleur comme j'en

suis un, me disait mon ami X... et que depuis trois ans on ne s'est pas mis sous le bec un petit museau de Parisienne, on arrive ici avec une fringale de matelot.

J'ai mis de côté autant que possible les plats préparés à l'avance que vous servent les praticiennes de music-halls et de restaurants de nuits. J'ai vu cela à toutes les tables d'hôte de l'amour, dans toutes les parties du monde. Ce que j'aime à Paris, c'est la curiosité des petits coins discrets, l'agrément des petits spasmes, rétribués, je le sais, mais dont un raffiné comme moi sait encore tirer parti.

Donc, je fus mis sur la voie d'une petite boîte ignorée de fêtards et connue seulement des amateurs de choix. Je te passe tous les détails qui m'avaient procuré un entretien avec une petite caillette qui sentait bon la verveine, et qui avait l'air vraiment d'avoir été créée pour les fringales d'entrepreneurs millionnaires et de banquiers américains....

Je la quittai à cinq heures, et le même soir, tu m'entends bien, le même soir, elle était ma voisine de table chez un ami chez lequel je dînais ; on me présenta à son mari qui, ma foi, avait l'air d'un bon bougre et paraissait l'homme le plus heureux du monde.

*
* *

Oh ! la montée des escaliers d'hôtel derrière une jupe de femme qui vous souffle au nez des relents de chairs fades perdus dans des senteurs de latrines ; la serrure qui ne marche jamais ; la chambre humide qui a gardé l'odeur du mâle ! On tombe effondré sur un fauteuil qui brame comme une génisse, et le désir de s'en aller vous étreint. Le besoin de respirer quelque chose qui ne pue pas, de baigner son cerveau dans de l'air frais, vous poigne. Un combat se livre en vous... On veut échapper à cette torture... et, devant le dévêtement de la fille... on reste !

*
* *

Assis à la terrasse d'un café de boulevard, j'avais, près de moi, une femme de trente ans, superbe, bien en chair, qui pêchait des clients comme au bord d'une rivière on prend des barbillons; ça marche les affaires ?

— Il y a des jours, mais ça ne vaut pas ce que ça valait, et elle ajouta, mélancolique : les hommes ne veulent plus payer et ils sont d'une exigence qu'on ne connaissait pas autrefois...

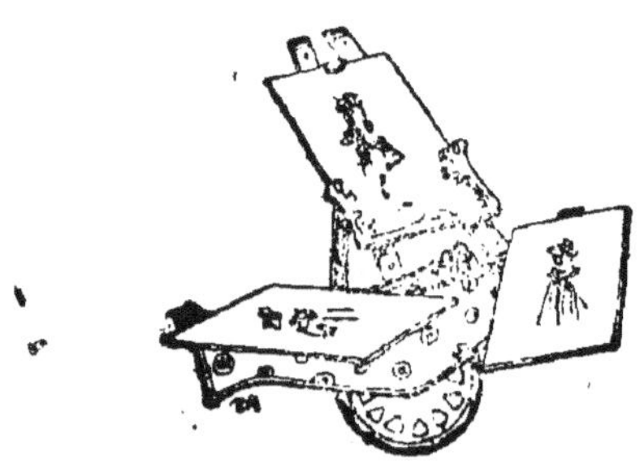

IX

LA DOULOUREUSE

La Chute d'un sonnet. — Un Voyage imprévu. — Un Aérolithe sur des cloches à melon. — La Vie d'un Sage. — Tout le Monde à la noce. — Un Départ précipité. — L'Impériale d'une diligence. — Le Chant d'un oiseau. — Les bras d'un fauteuil et les portraits de Mme Steinheil.

De même qu'un sonnet reste en détresse, quand la chute lui manque, ces feuilles éparses retenues par un bien léger fil seraient restées, là, si un accident imprévu — le même qui, quelques fois, termine heureusement les sonnets — n'était venu apporter à des choses futiles le lien qui manquait au tour de philosophie qui les complète et qui laisse plus de précision à l'énigmatique silhouette de Béjarol.

Des années s'étant passées, je n'avais plus entendu parler de Béjarol. Pas une lettre de lui, pas une carte de jour de l'an. Rien. Était-il mort? Il était très simple de lui écrire. Mais, ce sont de ces choses qu'on remet toujours au lendemain, et le lendemain se compte par des années.

. . . .

Un jour, une affaire imprévue me mena près de son village; aussitôt libéré, je grimpai à côté du conducteur sur la vieille patache qui passait devant la porte de mon ami. Je causai un peu en route : « M. Béjarol habite-t-il toujours le pays? » — Toujours, mais, depuis qu'il est marié, on ne le voit guère. — Ah! il est marié! — Oui, voilà bientôt trois ans, avec la veuve du perruquier.

Je n'en demandai pas davantage et nous parlâmes des récoltes en retard et défilâmes le chapelet de toutes les banalités qui sont la monnaie habituelle des conversations de diligence.

J'arrivai donc chez Béjarol à peu près

comme un aérolithe qui serait venu tomber sur des cloches à melon! Il m'accueillit sans émotion, et comme s'il m'avait vu la veille. Je lui dis qu'un hasard m'avait amené près de lui. Enfin, ça va-t-il ?..... il me répondit comme répondrait un homme qu'on va guillotiner et qui vous dirait que ça va aussi bien que la situation le comporte.

Tu sais, me dit-il, je suis marié. — Oh! sans tambour ni trompettes! Je n'ai prévenu personne, même pas toi. Je t'aurais dérangé pour mon enterrement, mais pour un mariage à mon âge, à quoi bon? C'est une formalité, voilà tout! J'attendais toujours pour te l'écrire. Mais, tu sais, la paresse, je n'écris plus, je ne sors même plus; il faut toujours arriver à faire une fin. Je vis, là, entre mes coloquintes et mes rosiers, ou, plutôt, entre mes salades et mes artichauts, car ma femme a trouvé qu'il était inutile d'avoir un jardin où ne poussaient que des fleurs, que les petits pois et les salsifis faisaient des plats confortables, tandis qu'on ne mangeait ni les roses trémières ni les géraniums.

En somme, elle avait raison ; je l'ai laissée faire.

Maintenant, ma bibliothèque, avec tous mes bouquins et un tas de saletés qui ne servaient à rien, à été débarrassée. Nous avons percé une porte dans le jardin, cela nous fait une très belle pièce où nous remisons la volaille l'hiver ; les poules et les oies que nous engraissons, car tout cela se vend, mon cher. Alors, au lieu de dépenser de l'argent, j'en gagne. En tous cas, la vie ne nous coûte rien et nous ne touchons pas à nos revenus.

A mon âge, que veux-tu? mauvais estomac, mes sacrés rhumatismes m'interdisent un tas de choses : pas d'alcool, plus de café, à peine de l'eau rougie. Le vin — surtout le bon — m'est interdit. Je ne fume plus, non plus, à cause de mon catarrhe. Tu vois, c'est la vie d'un sage et d'un anachorète. Nous mangeons et couchons dans cette pièce.

Alors, ma femme, ayant de la famille, le premier leur est réservé. Son vieux père est venu demeurer avec nous; et, entre parenthèses, il nous est bien utile pour les travaux de la maison; puis, les enfants de sa sœur viennent en vacances..... elle a aussi un frère maréchal des logis qui vient passer ses congés avec nous. Tout cela fait un peu de remuement à la maison — Ah! ce n'est pas triste, je t'assure!

Tu tombes mal aujourd'hui, tout le monde est dehors et parti à la noce d'un cousin aux environs. Ils reviendront tous passer quelques jours ici.

Ah! ne me parle plus de ma vie d'autrefois! quelle idiotie? J'ai foutu au feu tout ce qui me la rappelait et si je ne t'avais pas donné la fameuse malle, elle aurait suivi le même chemin. Ah! mon vieux! mon vieux! s'écria-t-il comme essoufflé, haletant d'en avoir dit si long, s'arrêtant pour cracher dans les cendres, cherchant ce qu'il pourrait ajouter à cette oraison funèbre que j'écoutais, comme on écoute des litanies éructées par quelque chantre forgeron dans une église de village.

. . . .

Je n'avais plus qu'une idée : m'enfuir ! m'enfuir à tout prix ! et trouver une raison, un prétexte pour disparaître au plus vite de cet ossuaire, pour ne plus voir ce lambeau d'humanité, affalé devant moi comme quelque bête inutile.. Je tirai ma montre : — Dis donc, la voiture repart, je venais seulement pour te serrer la main. Au revoir, je reviendrai. Tu sais, c'est un voyage d'affaires... autrement...

. . . .

Il ne me retint pas. Je retrouvai ma place en haut sur la voiture près du conducteur. — Déjà de retour, Monsieur? — Oui, j'étais pressé... J'aurais pu, par ce conducteur, savoir bien des choses, mais après avoir vu cette loque, ma curiosité n'était même pas excitée.

. . . .

L'horizon rougissait devant moi, le bord de la forêt se poudrait d'or..... de temps en temps, un coup de fusil trouait l'air, un petit nuage de fumée s'élevait au-dessus de quelque sillon; une nuée de perdreaux mouchetait les longs nuages qu'un léger vent chassait vers le nord; des hommes, des femmes rentraient des champs; les grelots tintaient sur le large collier bleu des chevaux, un coup de fouet griffait le ciel et jetait son petit bruit sec et aigu de carabine de foire pendant que ma pensée s'engourdissait.....

. . . .

C'est là, pensais-je! l'observation, l'esprit de boulevard, le scepticisme, la vie de Paris absorbée pendant trente ans et rendue là, dans ce coin de hameau, comme on rejette une fiente infertile et malsaine.

Sur un arbre un oiseau s'égosillait, disant son hymne à la splendeur du soleil couchant; déroulant la joaillerie de ses trilles sur les bruits mystérieux qui montaient des profondeurs de la terre; et ce petit oiseau, meilleur fils devant la nature, que tous les Béjarol qui n'en ont vu que les maquillages et qui n'en ont compris que les tares, m'en disait plus long que toutes les philosophies. Pendant longtemps on rit et on blague; mais la nature, ce créancier implacable est là, qui dispose de vous, et qui prend le peu qui vous reste pour se payer de ce qu'on lui doit.

. . . .

Je n'ai plus revu Béjarol. J'ai su qu'en construisant une grange qui aurait pu être tout aussi bien ailleurs, on lui avait bouché l'horizon... cet horizon où le ruban de moire de la rivière se déroulait sous l'ombre des sapins, où, en haut, les couchers du soleil flambaient, paraissant manger les arbres comme des fagots dans une cheminée d'auberge.

. . . .

Béjarol usait ses jours, enfoncé dans un vieux fauteuil à oreille, enveloppé de flanelle, les pieds dans une chancelière, engourdi par l'odeur des baumes et des laudanums.

Une table à portée de sa main était là, encombrée de journaux à un sou et de revues illustrées dans lesquelles ses yeux pêchaient des portraits d'héroïnes de faits divers, d'archiduchesses, ou d'actrices, à l'aide desquels son imagination créait des amours imaginaires et construisait des scénarios avec le souvenir des randonnées d'autrefois.

. . . .

Il vit là, au milieu de toutes ces choses mortes, effondré; et certes il ne m'aurait pas écrit s'il n'avait pas eu à me demander de lui envoyer tous les portraits de Madame Steinheil que je pourrais trouver.....

. . . .

Après tout, si Béjarol n'avait eu, ni la femme du perruquier, ni ses rhumatismes, il eut peut-être été appelé à finir des jours très heureux..... comme un sage.

FIN

TABLE DES MATIÈRES

		Pages
	Note de l'auteur	7
I	Mon ami Béjarol	9
II	L'inventaire.	17
III	Paris en 1862	29
IV	Notes et Souvenirs	61
V	Quelques-unes	73
VI	Impressions féminines.	89
VII	Pensées et Aphorismes.	97
VIII	Croquis Parisiens	109
IX	La Douloureuse.	117

Imprimé par les soins de
l'Imprimerie de Paris

Têtes de chapitre, lettrines et culs de lampe de
M. Paul Guignebault

Eaux-fortes tirées sous la direction de
M. Henri Boutet

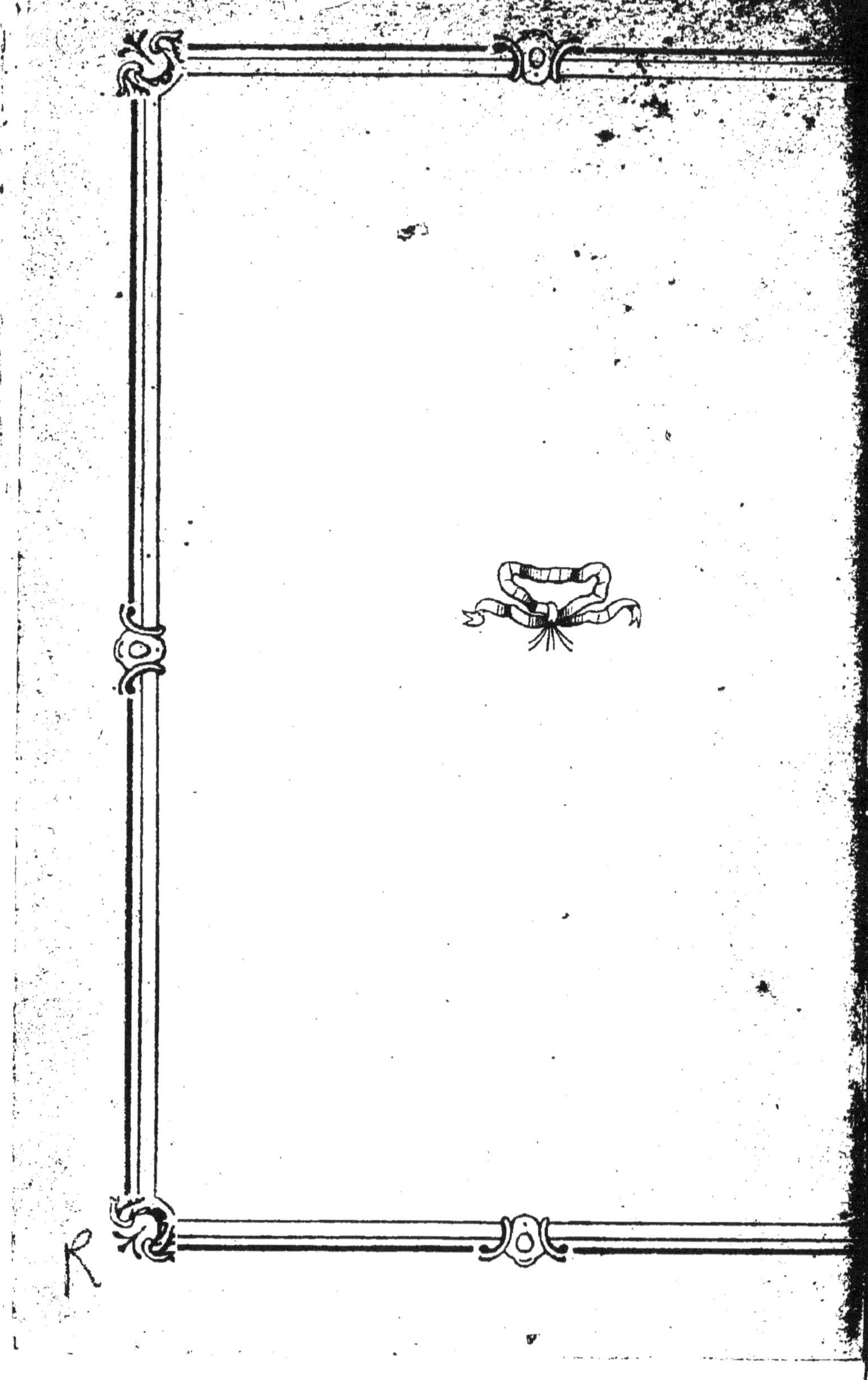

www.ingramcontent.com/pod-product-compliance
Lightning Source LLC
LaVergne TN
LVHW020318230826
846091LV00003B/721

* 9 7 8 2 3 2 9 2 9 4 2 1 6 *